Förflyttningar

Lars Bergwall

Förflyttningar

Förlag: BoD – Books on Demand, Stockholm, Sverige
Tryck: BoD – Books on Demand, Norderstedt, Tyskland

ISBN: **9789174635010**

Till minne av Erika

På en hylla i städskåpet står tre gravljus. En av många påminnelser.
Jag köpte nio och har alltså använt sex.
När och var jag ska tända nästa ljus har jag inte bestämt.
Erika dog fem år och tre dagar efter att vi hade fått beskedet. Efter den stora operationen och cellgiftsbehandlingarna levde vi med förhoppningar vid sidan av en ständig oro. I tre år.
Sedan kom återfallet.
Den definitiva domen.
Det slutliga beskedet.
Förhoppningarna försvann.
Kvar fanns bara rädslan och ångesten, men också en stark och intensiv kärlek mellan oss.
Det som återstod var bara behandlingar som kunde bromsa förloppets hastighet
och förlänga hennes liv en tid.
Frågan var hur länge. Läkarnas prognos var ett halvår.
Vi fick ytterligare ett och ett halvt år.
Hon dog hemma i sin säng.
Vi var där alla tre. Jag och våra två söner.
Sedan dess, den långa vägen tillbaka.
Till något helt annat.

Sorgen är långsam. Den tar plats. Breder ut sig och drar sig tillbaka i ojämna rörelser.
Ibland när jag ser dom där ljusen känner jag den stora, existentiella ensamheten och tänker;
hur lär vi oss att hantera en konfrontation med denna kosmiska och plågsamma övergivenhet?
Jag vet inte. Och det är kanske där svaret finns. Att jag måste lära mig stå ut med att inte veta.
Inse, erövra det faktum ingen kan bortse ifrån;

nämligen människans sårbarhet och tillvarons ovisshet här på jorden.

För mig handlar det om att hitta orienteringspunkter jag finner meningsfulla. För tillfället.

Som exempelvis talet tre. Sedan en tid tillbaka har jag funderat en del kring talet tre. 3. Och kommit fram till att det är ganska praktiskt. Användbart på många sätt. Det hjälper mig i tanken, och i handling.

I matematikens begynnelse fanns inte talet tre. Enligt mitt tvåbandsverk i matematikens kulturhistoria, som jag endast läst en liten dela av vill jag erkänna, står det att man först bara kunde räkna till två; ett, två och sedan blev det många.

Något att ha i minnet i denna mätokratins tidevarv.

Det finns många saker som utgår eller bygger på talet tre. Inte alltid i min smak.

Som treenigheten - inget ens en hardcoreateist obekymrat kan förneka. Fadern, sonen och den heliga anden.

Kvartalet och alla kvartalsrapporter som stressar ekonomi och människor.

Och så har vi trion - bas, gitarr och trummor. Treklangen.

Urdramat med: början – mitt – slut.

I retoriken ska det räcka med tre argument för att övertyga att tesen jag driver är rätt.

Tre smakharmoniserande ingredienser som en sallad med: tomat – mozzarellaost – basilika.

Tzatziki: matyoghurt – vitlök – gurka. Trerättersmiddagen.

En konspirationsteori har tre delar: en grupp av konspiratörer – en hemlig plan – ett illasinnat syfte. Listan kan göras lång.

Den mänskliga skapelsen består mest av ental eller tvåtal.

Vi har en mun, två läppar, en näsa, två näsborrar, ett könsorgan, två pungkulor och två äggstockar, två armar, två ben, en lever, två lungor och så vidare.

Några bestämda tretal känner jag inte till.

Vi får nöja oss med det som finns i den kognitiva världen.

Jag har nu den stora chansen att minska mitt inkomstberoende genom att ha låga omkostnader.

Jag har dessutom sedan 16 år tillbaka en statlig tjänst som universitetsadjunkt.

Den här terminen har jag valt att arbeta 60%. Tre dagar i veckan. Jag ser det som en självfinansierad rehabilitering. Återhämtning.

Efter fem år av oro, rädsla och ovisshet. Hopp och förtvivlan. Dödsångest.

Jag behöver tid. Men jag kommer aldrig riktigt återhämta mig. Det blir något annat.

Det har blivit något annat. Något nytt i det gamla.

Allt nytt finns alltid inbäddat i det som varit.

Det är i den förståelsen alla förändringar måste ske. Saknas den insikten blir vi vilsna.

Jag måste förstå vad jag lämnar för att finna mig till rätta i det nya.

Det är inte bara en lägenhet jag lämnar, saker jag måste göra mig av med och något jag aldrig mer kommer att återse. Jag lämnar också den plats som varit den viktigaste, mest betydelsefulla och meningsfulla i mitt liv.

Här har inte funnits något val och därmed finns ingenting att ångra.

Så brutal är en allvarlig och dödlig sjukdom.

Den har sin bestämda progression och sitt förlopp och det styr vår kognitiva värld.

Läkarvetenskapen kan göra mycket. Men inte allt. På gott och ont. Att önska sig ett evigt liv är ett vulgärt uttryck för vår själviskhet, vår egoism och jagcentrering.

Varje människa är inte jordens medelpunkt och vi måste vänja oss vid tanken på att vi alla ska dö, hur smärtsamt det än är, för att lämna plats åt kommande generationer.

11

Så länge vi finns till pågår livet mellan det ena och det andra. Mellan frågorna och svaren, mellan problemen och lösningarna. Mellan ett före och ett efter, ett bakom och ett framför. Mellan två positioner. En vi lämnar och en vi når fram till. Utfärd och återkomst. Vi påbörjar och avslutar. I det lilla och i det stora. Det största av alla förflyttningars referens och yttre positioner är den mellan födelsen och döden.

I luckorna, i mellanrummen finns genomförandet, verkställandet, färden, sträckan, uppdraget eller bara väntan. Tillvaron är full av dessa tre steg, tre faser, tre tillstånd. Vi föds – lever – dör. Förberedelse – genomförande – avslut. Och efter varje avslut tar nästa förberedelse vid. Så håller det på med varierande innehåll, längd och hastighet. Tills vi når det sista avslutet. Döden.

Jag vet inte var jag ska börja. I källaren vore det naturliga. Allt jag måste gå igenom. Alla kartonger med leksaker, kläder, barnens teckningar, gamla LP skivor, lampor och mattor. Tältet, sovsäckarna och liggunderlagen vi hade på alla våra paddlingsturer. Lådor med saker hon och jag hade innan vi träffades.

Minnen, spår, avtryck av ögonblick, händelser, faser, episoder och situationer.

Det finns där och samtidigt inte. Jag vill att det ska finnas och samtidigt inte.

Jag kan föreställa mig vad som har hänt och samtidigt inte.

Förut var problemen i förrådet att det var för trångt och svårt att hitta. Nu har förrådet blivit ett föremålsmagasin, ett arkiv över mitt liv.

Mitt och min familjs förflutna liv.

Okatalogiserat och osystematiserat.

Nu måste jag välja, värdera, pröva, ompröva vad jag ska behålla. Vad kan jag kasta, vad vill jag kasta och vad måste jag kasta?

När jag har bestämt mig och åkt iväg med det, så går det inte att ångra.

Jag måste ställa mig frågan; vad har detta för värde för mig? Ekonomiskt – praktiskt – känslomässigt. De två första har jag råd att ersätta och kan därmed bortse ifrån. Den sista, viktigaste och svåraste kategorin, går inte att värdera på någon mätbar skala.

Något som bidrar till min förvirring och osäkerhet.

Vad jag så långt som möjligt vill undvika är ju att inte behöva ställa frågan; varför i helvete slängde jag det där? Eller så är det den frågan som jag måste öva mig på att förhålla mig till, acceptera att den förr eller senare, i mer eller mindre utsträckning, kommer. Och när det händer så får jag ta det då.

När jag väl har flyttat hamnar resterna av mitt förflutna i ett helt annat och nytt sammanhang. Distansen kommer att öka. Minnena kommer att förlora ännu mer av sin skärpa.

Att jag är så upptagen av min flytt är lite patetiskt. Om jag väljer att lyfta blicken bara en aning utanför min egen bubbla så blir proportionerna minst sagt annorlunda.

Dels om jag tänker på att större delen av jordens befolkning bor i undermåliga hus och skulle vara oerhört tacksamma om dom hade möjligheterna att flytta till den bostad jag kommer att bo i. Dels, när jag skriver det här, har det gått 8 dagar sedan USA fick sin 45:e president. Mannen som just tillträtt världens mäktigaste ämbete påstås vara en allvarligt empatistörd, patologiskt självcentrerad och oerhört lättkränkt fullblodsnarcissist som dessutom är välkänd för att vara notoriskt opålitlig och oberäknelig. En beskrivning som vid närmare eftertanke kanske stämmer in på ganska många ledare både nu och tidigare i historien. Det finns mycket att skriva om denna man och mycket kommer att skrivas. Inte minst av journalister som han har kallat dom största lögnarna på jorden. Allvarligt och skämmande.

Han har sin flytt till Vita Huset att tänka på.

Jag har min flytt till en 2:a med kokvrå att tänka på.

Vi kan nog enas i frågan – hur kommer det att gå?

Det oförutsägbara.
Jag har många gånger återvänt till tankarna
om hur vi kunde klara av att hantera den ovisshet vi levde
i så länge.
Hur den lömska sjukdomen gäckade oss under fem år.
Den kom först smygande för att sedan chockartat slå till
med full kraft.
Drog sig tillbaka.
Höll sig borta.
Förhoppningarna om att den hade försvunnit.
Men sedan vände den åter för att långsamt,
med grym och hänsynslös systematik till slut utplåna hennes liv.

Alla frågor som aldrig fick sina svar. För det fanns inga
svar.
Slumpen? Tillfälligheter? Otur? Olyckliga omständigheter?
En olöst gåta.
Mitt i allt detta fick vi ändå livet att fungera.
I efterhand känns även det som en gåta om än av helt annan art.
För oss handlade det om att hitta sätt att stå ut med det
oförutsägbara.
Väntan. Beskeden. Döden.

Att stå ut med att inte veta kan vara outhärdligt.
Det gjorde oss sårbara. Men också starka. Tålmodiga.
För vi hade vår kärlek och tilliten till varandra var orubblig. Vi hade under så många år byggt upp och lagt mycket
tid på att utveckla och fördjupa vårt förhållande. Det hade
rustat oss för den svåra kris vi hamnade i.

Det var den 16 november 2010 som våra liv och vår tillvaro förändrades fundamentalt.

Placerande på två enkla plaststolar i ett kalt, sterilt undersökningsrum mottog vi det besked vi hade fruktat men så innerligt hoppats på att inte få.

CANCER. En aggressiv, snabbväxande och mycket ovanlig form.

Operation, cellgiftsbehandling och strålning.

Jag vill inte ens försöka beskriva känslorna från detta ögonblick.

När vi kom ut från sjukhuset hade mörkret sänkt sig och det snöade lätt.

Av någon anledning stannade vi upp mitt på parkeringsplatsen.

Jag minns inte exakt vad Erika sa, men det handlade om hennes rädsla och djupa ångest för att bli övergiven.

Det enda jag sa var – jag ska aldrig, aldrig, aldrig lämna dig.

Det som hände där, på den parkeringsplats vi så många gånger skulle återvända till, kom att bli en startpunkt, en vändpunkt.

Det korta ögonblicket, dom orden jag råkade säga, och naturligtvis menade, blev oerhört betydelsefulla för oss båda.

Även om det stod utom allt tvivel, även utan dessa ord, så kom det att bli ett kontrakt.

Det var inte bara hon som hade drabbats, det var vi.

Den där förbanna jävla cancerhelvetesknölen satt i henne och växte, men den fanns i oss.

Och vi skulle bära sjukdomen tillsammans.

I bilen hem. Samtalen till våra barn.

Det går heller inte att beskriva.

Det var som om döden hade satt sig i baksätet.

Döden hade gjort entré i vår lilla, trygga och normala tillvaro.

Den finns naturligtvis ständigt närvarande, men där och då flyttade döden fram en position, tog en annan, närmare, plats.

Sakta försökte vi hitta ett förhållningssätt till döden.

16

Inte förtränga den. Tala om den. Våga stanna upp och formulera tankar och känslor kring döden.
Med varandra, med våra barn och med våra vänner.
Läsa om döden.
Skriva om döden.

Den här texten som följer påbörjade jag några månader efter begravningen.

Låt oss tala om döden - innan det är försent

Tänk er en samling människor. En skolklass, en arbetsplats, en teaterpublik eller varför inte en släktmiddag. Vid en viss tidpunkt är alla i den tänkta samlingen döda. Detta kan ingen mentalt frisk människa bestrida. Men det är mycket som vi inte vet. Som i vilken ordning vi kommer att dö. När vi kommer att dö. Var vi kommer att befinna oss när vi dör. Exakt hur vi kommer att dö. Vi vet bara att vi kommer att dö, vilket är fullt tillräckligt.

Vad det handlar om är - TID! Men vad är tid egentligen? Svår fråga, men låt mig här hoppa över den teoretiska fysikens försök till svar och även bortse från instrumenten, typ klockor, som visar hur sekunder, minuter och timmar tickar fram.
Tiden är ett måttsystem och alla måttsystem är också en form av maktsystem.
Exempelvis fängelsestraff och arbetstid. Vid en viss uppnådd ålder har man skyldigheter och rättigheter så som att man blir myndig, får ta körkort och får rösta.
Det finns förfluten tid, nutid och framtid.
Vi pratar ofta om tid. Att komma i tid, att komma försent. Att inte ha tid. Att ha hur mycket tid som helst. Om att förlora tid och om att spara tid. Man kan ödsla sin tid. Man säljer sin tid. Tid är pengar. Man rår eller inte rår över sin tid. Vissa saker är tidlösa, andra otidsenliga.

Frågan är vem som har makten över min tid? Den som har makten över min tid har på ett sätt också makten över mitt liv, och i alla fall indirekt också makten över min död.
Om jag känner att jag inte har något inflytande över hur jag använder min tid känner jag också vanmakt.
Man säger ibland att en människa som dött har gått ur tiden. Ett märkligt uttryck inte minst för någon som kört

sin bil i 150 km/timmen rakt in i en bergvägg, ramlat ner
för ett stup eller stilla dog i sin säng.
Om jag inte lever så är jag död. Det är ju ett självklart på-
stående och inte minst i bemärkelsen död efter att ha levt
mitt liv. Men innebär det också då att jag var död innan
jag levde? Före det att spermien når ägget, går in i ägget.
Går in i tiden?
Var jag död innan det ögonblicket? Från det ögonblicket
startar också resan eller tiden mot döden. Som jag ser det
har jag alltså varit död obegripligt länge innan jag föddes
och kommer att vara död lika obegripligt länge efter att jag
har levt mitt liv.
Grafiskt illustrerat:

Död ⊢ Liv ⊣ Död

Ickelevande – levande – ickelevande
Man skulle också kunna benämna det som fördöd och ef-
terdöd och däremellan kommer livet.
Det är ett linjärt tänkande men det går även att se det som
cirkulärt.
Min poäng är att detta kan vara bra att ha i bakhuvudet
när vi prokrastinerar, ett fult men finare ord för att skjuta
upp saker och ting. Vi har en vilja att skjuta upp det vi inte
tycker särskilt mycket om. Det kan vara att ringa och säga
upp ett abonnemang, boka tandläkartid, fixa kranen som
droppar, städa förrådet, ta det jobbiga samtalet med kolle-
gan eller sätta in pengar till behjärtansvärda ändamål, för
att nämna några saker vi gärna skjuter på.
Är det något vi vill prokrastinera så är det mötet med dö-
den, med undantag för dom som väljer att ta sina liv. Hela
hälsoindustrikomplexet kan sammanfattas som ett enda
stort prokrastineringsprojekt.
Dom profiterar på vår illusion om att vi kan skjuta upp vår
död med deras dieter, bantningsmedel, kostråd, vitaminer
och träningsprogram. Läkemedelsindustrin icke att för-
glömma.
Men, går verkligen livet ut på att bli så gammal som möj-
ligt? Evigt liv? En hemsk tanke.

Livet består dessutom av ett oräkneligt antal transport-sträckor. Långa, trista och innehållslösa stunder av väntan. Upprepningar i det oändliga. Och så en och annan high light på vägen. Om jag också tänker på alla misstag jag gjort och alla skuldkänslor med alla timmar av ältande. För att inte prata om alla tusentals timmar framför meningslösa teveprogram. Fruktlösa diskussioner om praktiska saker som om matlagning, disk, städning och saker som inte finns på sina platser. Hur mycket energi har jag inte förslösat genom åren på helt fruktlösa saker? Min fråga är om det är det här jag är rädd för att mista när jag dör? Vid närmare eftertanke, och om vi ska vara uppriktiga, så finns det nog en hel del saker vi kan vara tacksamma över att slippa den dagen vi dör. En idé vore att göra en lista över saker vi är glada att slippa efter vår sista dag. Jag misstänker att listan skulle kunna bli ganska lång om vi vågade vara uppriktiga. Motsvarande lista på vad vi kommer att sakna måste naturligtvis också upprättas och utifrån den skulle vi kunna prioritera det som hamnade på den.

En annan tanke - mitt liv och min död i förhållande till vad?

Många strävar efter att bli kända, berömda och bli beundrade. Ingen kan heller ge några som helst garantier på att bli ihågkommen och någon bekräftelse på det är ju helt omöjligt att få. Att ägna sitt liv åt att forma sitt eftermäle! Att lägga mycket av sin produktiva tid, sina pengar och sin energi för att eventuellt bli ihågkommen utanför sin släkt och vänkrets och då av några man aldrig har träffat, och dessutom kanske tyckt illa om ifall man träffat dom. Att söka uppmärksamhet efter sin död är lika befängt som att vilja bli ekonomiskt oberoende efter sin död.

Om vi inte är på vår vakt kan vi bli offer för våra omättliga bekräftelsebehov. För det är som med fetma – ju tjockare jag blir desto mer måste jag stoppa i mig för att bli mätt. Till slut blir jag så upptagen av att äta, få bekräftelse för att inte känna mig hungrig och obekräftad, att hela mitt liv kretsar kring det. En absurd bekräftelsehunger.

Jag måste lära mig umgås med tanken att jag kommer att bli bortglömd. Jag frågar mig vilken ståndpunkt jag vill inta i förhållande till min egen död? Döden är en ständig följeslagare. Att låtsas att denna följeslagare inte finns är ett självbedrägeri. Står jag ut med mig själv som en bedragare? Men att hålla sin egen död på behörigt avstånd får väl ändå räknas som självbevarelsedrift. Men att aldrig tänka på sin egen död får väl betraktas som förnekelse.

Ofta förstår jag saker bättre om jag kan skapa en bild, göra det bildmässigt. Om jag i tanken låter mig gestalta, föreställa mig, döden vid en bestämd punkt eller låt mig säga ett hål. Detta hål följer mig från den dag jag föds till den dag jag dör och då ramlar ner i hålet. Jag tänker att alla har ett sådant hål. Vad som händer i det där hålet vet jag inte. En fråga som dyker upp är om alla "dödshål" ser likadana ut? Eller har var och en ett individuellt anpassat och utformat hål som vi hamnar i efter vår död? Att det är en individualistisk avslutning men ändå i en kollektiv gemenskap? Vi delar alla samma öde men vi gör det på ett högst individualistiskt och personligt sätt? Vi utvecklar ju vår personlighet under livet så varför då inte detta hål? Individualismen ligger ju i tiden, oavsett vad vi tycker. Om jag nu ser det här hålet som ett nav i mitt liv. Livet cirklar runt detta nav eller hål. Idén eller den möjlighet vi erbjuds är att utforska, undersöka och försöka förstå vad som finns runt detta hål. Det som påverkar mina möjligheter till meningsfulla upptäcker är min omgivning och jag själv.

Jag måste på ett eller annat sätt förhålla mig till detta hål. Vetskapen att det finns tvingar mig till det. Jag kan inte välja att inte ha ett förhållningssätt. Mina val kan vara oreflekterade, passiva och förnekande, men också aktivt reflekterande och bejakande. Jag vet att hålet finns där och att jag ska ner i det. Men jag vet inte när, inte hur och var jag och hålet befinner sig när det är dags, när tiden är inne eller slut. Jag tror det handlar om att utveckla ett dödsmedvetande på ett konstruktivt sätt. Inte låta förlegade föreställningar, som religionerna skapat, invadera tankarna på döden. Det är hög tid att bryta med dom monopolliknande och urgamla bilderna och föreställningarna om döden. Hur dessa föreställningar om döden har kunnat – överlevt – är en gåta.

På samma sätt som vi faktiskt kan föreställa oss hur vi vill att våra liv ska gestalta sig måste vi väl också kunna föreställa oss hur vi vill att döden ska gestalta sig. Det är för många och för onödiga krav. Det borde vara lite mer avslappnat; kom-som-du-är attityd. Idén om att döden är lika för alla är bara sant till vissa delar. Alla ska vi dö. Men vad händer sedan? Alla dom kollektiva döddestinationer som varit förhärskande i årtusenden har ockuperat våra föreställningar och allvarligt hindrat andra tänkbara möjligheter. Det är med andra ord hög tid att ta fram nya, uppdaterade föreställningar och fantasier om dödsorter. Och inte minst annullera dom gamla.

Vi föds med en omedveten okunskap och vi dör med en medveten okunskap om vad som händer när vi gjort vår sista utandning. Vi går från det omedvetna till, förhoppningsvis i alla fall, det medvetna och slutligen till att acceptera vår okunskap om vad som händer efter döden. Det är först när vi har accepterat vår okunskap som vi är fria i tanken. Vi måste försöka definiera, identifiera och så långt som möjligt eliminera dom tankar, föreställningar och känslor dödsångesten hämtar sin näring ifrån.

Här kommer rädslan in i bilden. Vår rädsla för att mista våra liv har säkert en viktig evolutionär funktion. Våra överlevnadsinstinkter är starka och där rädslan för att undvika att bli skadad eller dödad är en viktig del. Vår rädsla kan rädda våra liv. Det kan alltså vara bra att vara rädd, men bara till en viss gräns. Förstår vi och kan uttrycka vår rädsla så kan vi också lättare hantera den. Vad är vi rädda för och varför? Det handlar också om förmågan att föreställa sig konsekvenserna, effekterna av vad som händer om det jag är rädd för verkligen inträffar. Jag kan vara rädd för att mista mitt jobb för då kommer jag inte kunna betala mina räkningar. Jag kan vara rädd för att inte klara en tenta för då får jag inte fortsätta studera. Jag kan vara rädd för att inte komma i tid för då missar jag planet och hela min semester går om intet. Döden tar rädslan till en helt annan nivå. Här är måtten av osäkerhet och ovisshet mycket större. Men vi kommer inte undan, vi måste hantera vår rädsla. Förlorar jag jobbet kan jag ändå ha olika realistiska föreställningar om vad som kan hända. Detta förstår vi.

Döden däremot förstår vi inte alls på samma sätt. Den går bortom våra referensramar. När vår rädsla "aktiveras" av tankarna på döden öppnas en lucka till det okända. Vår rädsla saknar en resonansbotten. Det finns liksom ingen känd motpart, ett trovärdigt referenssystem. Det enda vi är utelämnade till är de gamla klichébilderna av döden och dödens destinationsorter så som Hades, Paradiset, Helvetet och Nirvana. Föreställningar skapade med konst och litteratur tack vare vår kognitiva förmåga utifrån övervägande religiösa grunder. Den yttersta domen och hotet om att kunna hamna i helvetet när vi dör bidrar

ju inte till att göra oss stackars lättlurade människor
mindre osäkra, förtvivlade och rädda precis.

Att någon enda människa ska behöva lämna detta jordeliv
med en fruktan om att kunna hamna i helvetet är för-
skräckligt. Dom religiösa potentater som använder detta
hot borde själva brinna i helvetet. Men det kommer ju na-
turligtvis inte att hända eftersom helvetet bara finns i våra
föreställningar och det handlar således om makten över
våra egna och andras föreställningar.

Att inte ha kontroll över situationen och att inte kunna
påverka och styra förloppet triggar vår rädsla. Och att vi
dessutom inte har en aning om hur det slutar. Det är som
en livsekvation som vi inte vet svaret på. Eller kanske sna-
rare en dödsekvation som vi tvingas grubbla över hela livet
utan att ha något facit. Inte ens sannolikheter, vi får nöja
oss med antaganden och spekulationer.

Det kanske är därför vi är så resultatinriktade? Ivriga att
mäta, kontrollera, stämma av och följa upp? Sätta upp
mål, ha rutiner och ritualer vi upprepar i ett försök att
hitta stabilitet.
Det välbekanta, igenkännandet.
Rädslan frodas i det obekanta, det okontrollerbara,
otrygga, ovissa och i den ostrukturerade och oorganise-
rade okunskapen.
Döden är allt detta – och mycket mer.

Vem och hur räddar man dom rädda? Som rädd hamnar
man i underläge i förhållande till den som inte är rädd.
Den som är orädd kan lätt få makten över den som är rädd.
Rädslan är förhandlingsbar. Den som är rädd är beredd
att gå med på vissa villkor om den då kan känna sig
mindre rädd. Vi är exempelvis beredda att betala skatt för
att landets gränser ska försvaras av militär mot yttre fien-
der och till poliser som ska upprätthålla lag och ordning
och skydda oss från inre fiender, brottslingar och krimi-
nella. Andra exempel är religionen, familjen, släkten,
stammen, klanen som kan, om man underkastar sig

tillhörande villkor, lagar, regler, normer och traditioner ge trygghet och bidra till att minska vår rädsla.
Det kan tyckas vara enklare att dölja än att visa sin rädsla för döden. Men jag tror att det är bättre att dela sin rädsla med andra än om man bär den för sig själv. Rädslan kan göra människor svaga, handlingsförlamade och lättmanipulerade. En stark ledare kan utnyttja rädda människor antingen genom att få dom att känna sig mindre rädda eller att få dom att känna sig ännu mer rädda.

Den eviga frågan är: Vad händer efter döden? Den fråga vi sällan ställer, men som jag tycker är precis lika relevant är: Vad hände före livet? Det svar jag tror vi måste förlika oss med och stilla och lugnt acceptera är: Absolut ingenting! Den som inte nöjer sig med det svaret har alla möjligheter att hitta andra svar tack vare vår fantastiska föreställningsförmåga. Med denna förmåga kan vi skapa både fantastiska och fasansfulla världar, fiktiva som verkliga. Det är bara att välja!

Vi reste en hel del, eller mycket jämfört med många andra. Och vi reste in i det sista.
Det blev viktigt att komma bort, bryta vardagen. Hitta luckor mellan behandlingsperioder, undersökningar, provtagningar och läkarbesök.
Resorna gav oss lite perspektiv och distans. Återhämtning.
Vissa resor var också oerhört ansträngande. Som när vi var i Zadar. Oskar och Alvin var med på den resan. Vi hade hyrt en lägenhet.
Det var i en lucka mellan cellgiftsbehandlingar.
Håravfallet tilltog när vi var där.
Jag klippte av så mycket hår som gick. Med en kökssax.
Hon var väldigt medtagen den resan. Men vi gjorde ändå utflykter. En bussresa till ett naturreservat och en båttur.
På kvällarna åt vi på restaurang.
Vi var på ett sätt som vanliga turister. På ett annat sätt, absolut inte.
Ingen av oss visste om det här var den sista resan vi skulle göra.

När jag tittade på bilderna från Zadar såg dom flesta motiven ut som vilka semesterbilder som helst. Men inte alla.
På några av bilderna var hon utan sjal på huvudet. Då mera märkt av behandlingen än sjukdomen.

Jag har helt tappat lusten att resa. Förra sommaren, första semestern efter att hon dött gjorde jag bara några kortare dagsutflykter till några vänner.
Men så vandrade jag några dagar i fjällen med Oskar och Alvin. Det var både fina och viktiga dagar vi hade tillsammans.
Erika älskade att vara i naturen.
Det blev som en resa med vandringar till hennes minne.
En dag när vi besteg ett berg tände vi ett av gravljusen.
Höll om varandra och grät.

Den semestern behövde jag ha mycket tid till mig själv. Jag kunde och ville heller inte vara på landstället. Det vi hade haft i mer än 25 år. Det var vårt gemensamma.

Att sitta därute ensam kändes helt fel. Otänkbart. Så jag var kvar i stan.

Ibland gick det fyra-fem dagar innan jag träffade eller ens pratade med någon.

En av alla dom saker jag funderade på var just resandet. Resan är både en stark och sliten metafor för livet och dom erfarenheter man tar sig igenom.

Det som hade varit så viktigt kändes nu obetydligt. Självklart inte så konstigt. Vi hade rest tillsammans i 30 år. Nu var jag ensam. Nu ville jag inte resa, inte göra den typen av förflyttningar.

På ett sätt handlar resandet, men också förutsättningarna för resandet, om vi och dom. Vi som har och dom som inte har. Vi som kan och dom som inte kan. Om olika möjligheter, förutsättningar och villkor. Om parallella system för priviligierade och icke priviligierade. Om att äga resurser och att sakna resurser. Det handlar om att ha det egna valet, den fria viljan att förflytta sig till en annan geografisk plats. Och att efter en begränsad vistelse där kunna vända hem igen. Detta, bland annat, särskiljer en turist från en flykting. Sommaren innan hade Sverige tagit emot över hundra tusen flyktingar, främst från krigets Syrien. Vi som har ett val gör det inte av tvång utan av vilja. En flykting har inget val utan gör det av tvång och mot sin vilja.

Om jag koncentrerar mig på turismen så är kontrasterna extremt tydliga. Inte minst om man fokuserar på turistvärldens hierarkier, utifrån ett klassperspektiv, från 5-stjärniga lyxhotell ner till vandrarhem och campingplatsen. Ibland sammanstrålar klasserna på flygplatser, tågstationer och vid sevärdheter.

Varför turister vi?
För att byta miljö. Koppla av. För att få nya upplevelser. För att det är lärorikt. För att träffa nya människor. För maten, kulturen och naturens skull. För att shoppa. För att fly sin vardag.
För att tillgodose våra önskningar och behov finns en hel industri som erbjuder ett oöverskådligt utbud av produkter och tjänster – turistindustrin. En ständigt växande näring. Och vars värsta hot är krig, terrorattentat, politisk oro, instabilitet och miljökatastrofer.
Turistnäringen konkurrerar om vår lediga tid och våra besparingar.
Det handlar om min uppmärksamhet, mitt intresse, mitt förtroende och inte minst mina pengar.

28

Det är detta som håller näringen igång. Det ömsesidiga beroendet.
Ett sätt att trigga våra drömmar, önskningar och fantasier är genom turistreklamestetiken. Så som i den klassiska resekatalogen. Förpackningen med sin retorik av lockelser i ord och bild. Grundelementen i solsegmentet är: Vatten, sandstrand, hotellmiljöer, poolvyer, palmer, solstolar och sist med inte minst, utan mest – det blåa. Blå himmel och blått vatten.

Att turista innebär ofta förhandlingar om vad jag vill göra, uppleva, besöka, var jag vill bo, äta och resa runt och se och så vidare. Jag förhandlar, överväger och gör bedömningar om hur jag vill använda min tid, mina pengar, min ork som insats för att få mina önskningar tillgodosedda. Riskerna att göra dåliga förhandlingar är betydande för att osäkerhetsfaktorerna är många. Ju mindre erfarenheter och kunskaper jag har, ju bristfälligare min information är, desto sämre förhandlingsläge.
En bra turist är en bra förhandlare. Utbytet centralt och utvärderingen sker kontinuerligt. Man gör bra förhandlingar och dåliga. Man fattar bra beslut och mindre bra. Ibland katastrofala.

Det handlar om förväntningarnas makt och funktion – matchningen mellan förväntning och utfall.
När man väl är på plats söker man bekräftelse på dom föreställningar man har med sig och som bygger på den information man tidigare fått fram.
Turistresan blir en immateriell investering med osäker avkastning.

Vi har turismens baksidor och mörka bakgårdar. En dold värld. Det ligger liksom i turistandets logik att undvika det, se bort, förtränga. Man är där för att ta del av det goda och vill därför inte se det onda. Som sexturismen, exploateringen av människor, natur och miljö.

Sevärdheterna. Det unika. Platserna. Byggnaderna. Ruinerna. Monumenten. Stränderna. Naturen bara för att nämna några. Det finns eller skapas en konsensus kring vad som är sevärt och hur det graderas och motiveras. En sevärdhets innehåll och form. I vissa fall är innehållet större och mer betydelsevärt än formen, ibland tvärt om. Fråga är vad syftet med att locka turister till en viss sevärdhet egentligen är? Vilka intressen ligger bakom, förutom ekonomiska? Det kan vara historien, naturen, kulturen, religionen, hantverk, konst, teknik och shopping. Men det kan också ligga nationalistiska intressen bakom.

En annan sak inte svår att notera på många unika platser; närvaron av välkända multinationella företag. Genom exempelvis logotypfyllda parasoller på caféer och restauranger liksom souvenirförsäljning i alla hörn på ett medeltida torg. En okänslig varumärkesexponering kan också smeta ut en del av skillnaderna mellan olika platser. Med samma typ av kommersiell reklam på många ställen. Det blir en form av visuell ockupation av vårt seende. Det utgör ett brus som stör platsernas särskiljande karaktärer. Det blir som tevereklam – man blir avbruten av något man inte bett om och inte vill ha del av. Det är dom kommersiella jättarna som dikterar dom visuella villkoren. Jag kommer inte undan – jag är chanslös och enda lösningen är att lämna platsen.
Kommersens totala seger över kulturen och eftertanken.

Sedan har vi den ständigt återvändande turisten. Som år efter år åker till samma ställe. Man vet vad man får. Man är borta men det är ändå hemtamt.
Den traditionella turistdramaturgin är oerhört förutsägbar med stereotypa aktörer i välkända roller och i schablonartade scenografier.
Avståndet. Det geografiska. Det kulturella. Det ekonomiska. Det religiösa. Det sociala.
Menyn. Är som ett skyltfönster in till ett kök man inte har tillträde till. Rätternas beskrivning ska fylla en retorisk funktion att övertala mig att bli restaurangens gäst. Man

kan få nästan all information utan just den allt handlar om, nämligen – smaken. Syn, hörsel, lukt och känselinformation, men ingen smakinformation. Jag kan läsa, fråga servitören, utgå från priserna - rätternas hierarki där dyrast ska vara finast och godast. Jag kan också försöka att göra bedömningar om inredningen, miljön, personalen och läget. Men jag måste smaka maten innan jag vet.
Guideboken. Som rekommenderar oss, anvisar oss, ger oss fakta, förbereder oss och styr oss. Ibland en trygghet och nödvändighet. Ibland ett hinder från att avvika från det upptrampade turiststråken och ge sig ut på egna upptäcktsfärder.
Kartan. Som orienterar oss, leder oss, informerar oss
Biljetten. Som bekräftelse, som bevis. Steget från att ha och inte ha. Informationen om varifrån, datum, klockslag.
Ett kontrakt
Hoten. Missad avresa. Sjukdomar. Diarré. Dåligt boende. Långa avstånd. Dåliga kommunikationer. Olyckor. Rån. Bedrägerier. Dåligt väder. Naturkatastrofer. Terrordåd.

Resans tre faser: (Tretalet igen!)
Innan – förberedelserna, valen, planeringen
Under – vistelsen, förväntningarna prövas, överraskningar och besvikelser, det positiva och negativa
Efter – summeringen av plus och minus. Vad finns kvar?
Bilder, minnen, souvenirer.

Var det slumpen som lät mig födas till turist?
Ingen föds till terrorist.
Turister och terrorister kan ha samma utflyktsmål med helt olika syften.
Havsbad. Lugn och ro.
Blodbad. Kaos och panik.

Kommer jag någonsin få lusten att resa igen? Jag vet inte. Ensam? Med några vänner? Ingen aning.

Tankar som återkommer med ojämna mellanrum är om jag kommer att vara ensam resten av mina dagar i livet.

Den första fråga jag måste besvara är om jag vill vara ensam eller om jag vill träffa någon annan kvinna. Hur det sedan blir är en annan sak. Nej, jag har inte velat träffa någon annan, och därför, såklart, heller inte försökt eller "gjort" mig mottaglig. Att jag känt så är för mig inget konstigt. Om jag nu skulle vilja träffa någon är min fråga: Hur då? Var då? När? Ingen aning. På nätet? Knappast. Jag vill inte hamna i något virtuellt "skyltfönster". Men finns det några alternativ?

Jag har under hela processen kring sjukdomsförloppet och döendet många gånger tvingats tänka på vem jag egentligen är. I grund och botten. Hur är min identitet beskaffad? Vad består den av?
Hur och efter vad har den formats?
Existentiella frågor utan tydliga svar. Som reflekterande människa kommer jag inte undan.
I vilken mån kan en vuxen människa förändra sina vanor, sitt beteende och sina personliga drag och sin identitet? Inte mycket. Om ens alls?
Men det finns en hel industri som uppmuntrar oss till att ändra våra beteenden och våra "dåliga" vanor.

Drivkrafterna till förändring och utveckling är säkert naturliga.
Vi strävar efter att få det lite bättre och att göra tillvaron lite enklare. Dessa drivkrafter är lätt att utnyttja genom att ständigt skapa nya behov. Det är numera så vanligt att vi knappt tänker på det.
Nya modeller av tekniska prylar är ett av de mest självklara exemplen.
Att skapa dåliga samveten är ett effektivt sätt att få igång drivkrafterna och därmed intäkterna.
Vi har stora, skapade eller kanske evolutionärt nedärvda, behov av förändring och omväxling.
Alltså, kan vi inte förändra oss själva så måste vi se till att något i vår omgivning förändras. För att motverka ledan och trisstressen. Vi blir så lätt uttråkade.
Vi försöker alltså lägga förändringarna utanför oss själva.
Vi gör oss upptagna. Vi blir så att säga upptagna av att göra oss upptagna. Så som att bygga om, renovera och styla sitt hem. Träna på gym, yoga och gå på minefullness-kurser. Vi låter andra villigt hjälpa till att hitta oss själva. Några timmar i veckan. Vilket för det mesta inte fungerar.
Men det är som om vi är nöjda med att försöka. Vi verkar leva med en stark tro om att man förlorar när man ger upp. Så länge vi försöker skjuter vi åtminstone upp förlusten.
Vi har blivit självkorrumperande. Och alla dessa industrier som verkar inom områden som sysslar med personlig

förändring och utveckling jublar naturligtvis. Självmanipulerande kunder är en guldgruva. Naturligtvis är jag med i detta självbedrägeri. Jag är väl medveten men ändå går jag på det. Irriterande. Är det dom yttre krafterna som är för starka eller min inre motståndsförmåga som är för svag? Troligtvis både och. Det är inte så att jag inte vill vara den jag är eller att jag känner mig obekväm med min föreställda och upplevda identitet. Det har snarare med kontroll att göra. En maktkamp mellan mig och olika intressen som vill påverka mig och min personliga "repertoar" utan min egen vilja och önskan. Ibland kan ens identitet vara starkt kopplat till föremål eller platser.

Det har varit visning på sommarhuset. Det finns spekulanter. Budgivningen går trögt. Långt under utgångspriset. Jag vill bara få det sålt. Orkar inte vänta på att den rätta spekulanten ska uppenbara sig. Mäklaren har säkert gjort sitt jobb. Han kommer att tjäna mer än 10 % då hans provision är 6%, men lägst 45,000: -. Slutbudet verkar bli 360,000: -. Ett skambud. Priset var satt till 450,000: -. Några bra ekonomiska affärer har jag aldrig lyckats göra, så varför skulle jag göra det denna gång? Det är ju bara pengar. Siffror.

Jag tänker återigen på tretalet.
På livet.
Och döden.

Talet 3

1. Början. Första dagen.
2. Mitten. Alla andra dagar innan:
3. Slutet. Den sista dagen

Detta gäller alla som lever i tre dagar eller mer.
Talet 3
Numrering.
Allt i rätt ordning. Det ena följer på det andra i en bestämd följd.
Alltid i samma riktning.
Från den första dagen till den sista dagen.
Innan den första dagen gällde ett annat räknesätt.
Efter den sista dagen gäller ett helt annat talsystem.
En statistisk notering.
Ett numeriskt bidrag till ett färgsatt diagram, om ens det.
Andra kolumner och tabeller.
En annan administrativ kategori.
Summering. Referens till medellivslängd. Utfall.
Talet 3
3 ord. Exempelvis:
Jag älskade dig
Jag bad dig
Hör på mig
Tro på mig
Vem är jag
Vem var du
Meningen med livet
Gud finns inte
Jag vill leva
Inte dö än
Jag är född
Du var född
Jag är ensam
Jag ska dö
Du har dött
Alla ska dö
Är universum ändligt

Jag är trött
Jag är hungrig
Jag har tråkigt
Jag vill skratta

Ingen vet när det slår om till
Talet 3
Det stora räkneverket har bara tre siffror. Tre tal. 1, 2 och 3. 1-3.
Enkel matematik: 1+2=3
Talet 3 som slutsumma
Födelse (F) + Liv (L) = Död (D)
Eller
F+L+D=Resultat (R)
Alltså
F+L+D=R
> R/2
Resultatet sammanfaller med:
Siffran 2
Utvärdering
Man delar alltså resultatet, utfallet av ens liv, i två delar
så som:
Plus – Minus
Positivt – Negativt
Bra – Dåligt
Lyckat – Misslyckat
Succé – Fiasko
Framgångar – Motgångar
Vinster – förluster
Segrar – Nederlag
Den stora frågan är bedömningskriteriernas utformning
och hur dessa styr beteenden och handlingar i livet?

1. Entré
2. Uppträdande
3. Sorti

Applåder – Burop

Siffran 1
Början. Entrén. Födelsen.
Frågorna.
Ett ord.
Siffran 1.
Var?
När?
Hur?
Varför?
Vem?
Vilka?
Förutsättningar?
Möjligheter?
Tur?
Otur?
Slumpen?
Gud?
Lagarna?
Rättigheter?
Skyldigheter?
Kärlek?
Ondska?
Omtanke?
Förtryck?
Frihet?
Enkel matematik i en komplicerad tillvaro
F+L+D=R/2

Idag är det exakt fyra månader tills jag ska flytta. För några dagar sedan hejdade jag mina hyresvärdar när dm var på väg i sin bil. Jag hade länge väntat på att träffa dom just utanför huset. Jag vet inte varför jag inte hade ringt på deras dörr. Till slut kanske jag hade blivit tvungen, jag har ju tre månaders uppsägningstid. Nu var det i alla fall gjort. Dom var inte överraskade, dom hade insett att det bara varit en tidsfråga. Alltså från och med nu – definitivt ingen återvändo.

Men det verkar inte hjälpa. Jag kommer ändå inte igång. Får jag tid över så hittar jag på allt möjligt annat! Jag kan inte riktigt definiera vad det är som oroar mig mest med att flytta ifrån lägenheten. Jag vet ju vad jag lämnar, varför och var jag hamnar. Det är inte bristen på information och fakta som stör mig. Det kanske har med min förställningsförmåga att göra? Den brukar för det mesta vara god. Den hjälper mig på många sätt och jag har ofta stor nytta av den. Nu kanske den inte riktigt räcker till? Eller så är jag rädd för att pröva den? För vad skulle hända om min föreställningsförmåga framställde ett scenario där min tillvaro helt tappat sin mening? Allt blir tomt. Och i tomheten ekar endast sorgen. För där, i det nya och främmande, kanske sorgen tar det utrymme den tidigare inte har fått? Min skaparlust kanske slocknar av den trånga och kvävande lägenheten? Där i den nya lägenheten kanske jag möter ett annat jag? Det är ju för mig en helt främmande plats. Kommer jag då att möta ett främmande jag? Troligtvis inte. Men det finns inga garantier. Likaväl som jag kan använda min föreställningsförmåga till att frammana negativa bilder så kan jag ju, åtminstone försöka, skissa upp positiva bilder av den här förbannade flytten. Och vad som kan komma att hända med mig när jag sitter där för mig själv i den trång lilla jävla lägenheten.

Det är inget annat än en bur som väntar mig.

Den enda, sanna anledningen, orsaken, till att jag flyttar
är
DÖDEN!
Att jag har blivit lämnad
ENSAM!
För att konstatera det behövs ingen förställningsförmåga.
Jag vill inte börja rensa, sortera, värdera, besluta och
packa.
Som om jag hade något val? Vad jag vill är en sak – vad jag
måste är en helt annan sak.
Jag är tvungen att hitta en balans, ett förhållningssätt och
en metod. Att försöka hitta en lust och få det till en utma-
ning är för mycket begärt. Om än önskvärt.

Att flytta är onekligen ett projekt. Hur man organiserar, planerar och genomför ett projekt undervisar jag mina studenter i. Jag är med andra ord mycket väl insatt i hur man hanterar ett projekt. Som om jag nu skulle ha någon nytta av alla mina kunskaper och erfarenheter i det här? Knappast. Jag har dessutom organiserat och planerat flera flyttprojekt på mitt jobb. Det är något helt annat. I dom fallen har det inte varit någon som helst känslomässig inblandning utan bara haft en praktisk och rationell sida. I min flytt går det inte att separera det känslomässiga och det praktiska. Det är tätt sammanflätat. Problem som har känslomässiga orsaker går det sällan att hitta snabba, rationella och effektiva lösningar på. Den som tror det lura nog sig själv. Kanske inte helt ovanligt.

Under åren som jag har studerat och undervisat i projekthantering har det ibland slagit mig hur farliga kunskaperna i att kunna organisera och planera en verksamhet kan vara. Kunskaperna kan användas som effektiva redskap och verktyg i illasinnade syften. Storskalig ondska kräver god planeringsförmåga. Man skulle kunna tala om ondskans organisatörer.
I nazityskland fanns det många "skickliga" organisatörer som ställde sina kunskaper i ondskans tjänst. Utan tillgången till dom kunskaperna och färdigheter hade kanske inte Hitlers förintelseplaner fått lika stora konsekvenser och förödande resultat. För att erövra politisk makt och ta militär kontroll krävs det en medveten och genomtänkt organisationsstrategisk plan för att lyckas. Varje framgångsrik ledare, hur man nu gör en sådan bedömning, måste kunna samla, organisera, planera och leda politiska, ekonomiska, kulturella, materiella och intellektuella, alltså nödvändiga, resurser mot sina tydligt uppsatta mål.
För att på ett snabbt och effektivt sätt stoppa oppositionella som motsätter sig en auktoritär ledare och dennes mål krävs också en välorganiserad verksamhet. Ofta benämnd underrättelsetjänst. Notera sammansättningen av orden

under, som dolt, *rättelse,* som korrigering och *tjänst* som någon form av service till makten.

Jag är väl medveten om att i ett större perspektiv är mitt lilla flyttprojekt både futtigt och okomplicerat. Men det är livet också i vissa sammanhang.

Nu är jag där jag är och måste alltså utgå därifrån vare sig jag vill eller inte.

Det enda datum som nu skulle kunna fyllas i på en timeline är 31/8.

Då måste jag senast ha flyttat ut.

Rutiner

Det kanske är så att min oro bottnar i att mina rutiner kommer att vara annorlunda? Att var sak har haft sin plats. Att varje aktivitet har haft sin ordningsföljd och mina beteenden har haft ett välkänt mönster. Nu kommer det att ändras. Och jag vet inte hur mycket och till vad.

Rutiner är kanske det som håller ihop tillvaron för dom flesta "normalt" fungerande människor i "normalt" fungerande samhälle.

Rutiner är som bärande, ibland dolda, konstruktioner.

Vi synkroniserar våra rutiner med vår omgivning.

Då och då bör vi kanske fråga oss: vad har vi för rutiner? Varför har vi dom? Vilka har skapat rutinerna? Vem/vilka har makt över våra rutiner?

Det finns djupt rotade och varaktiga rutiner och samtidigt ytliga och tillfälliga rutiner.

Liksom självpåtagna och påtvingade rutiner.

Det finns ett uttryck som säger att vi sitter fast i våra rutiner. Det kan betyda att vi är fast förankrade i vår tillvaro genom våra rutiner. Det kan ge oss trygghet och kontinuitet, en nödvändig stabilitet i en oviss omgivning. Men att sitta fast i sina rutiner kan ju även innebära att man inte vågar utsätta sig för nya utmaningar som bryter invanda mönster. Att vi inte utvecklas utan stagnerar, blir avvaktande, passiva och ängsliga inför något nytt och främmande. Är det i dom här tillstånden mina tankar och funderingar irrar omkring i?

Det finns många utvecklingsbara ingångar till begreppet, så som:

* Rutiner och ritualer – som kan kopplas till systematik, tro och andlighet.
* Rutiner och maktutövning – som kan kopplas till kontroll, styrning, lagar, regler och övervakning.
* Rutiner och kreativitet – som kan kopplas till formbundenhet och intuition, improvisation och spontanitet

Bristande rutiner kan ibland föras fram som orsak och förklaring på problem som uppstår, inte minst i organisationer. Det handlar mycket om rutinernas funktion, men även deras innehåll och utformning.
Rutiner kan ha en disciplinerande roll för att skapa "ordning och reda" ett flitigt använt ordpar inte minst bland politiker. Rutiner kan ha repressiva utformningar och syften. Upprepande moment med mer kvantitativ än kvalitativ mätbarhet.
Vissa rutiner är starkt normdrivna, inte minst på gruppnivå. Fikapausen på en arbetsplats till exempel. Att vara rutinerad; innebär det att kunna sina rutiner väl? Vilket skulle innebära att den som är orutinerad inte kan sina arbetsrutiner så väl.
När det gäller maktutövning kan rutiner ha två helt skilda inriktningar.
En där tillvaron är minutiöst inrutad i detaljerade rutinmoment där avvikelser därifrån kan få negativa konsekvenser av olika grader.
Den andra är helt avsaknad av rutiner och där tillvaron nästan helt saknar upprepande mönster och strukturer i tid och rum. Vad som helst kan hända när som helst på dygnet. En välkänd tortyrmetod.
Att berövas sina rutiner kan, om det vill sig illa, innebära att berövas sitt förstånd.
Man måste bevaka, ha kontroll över och förstå sina rutiner. Att bryta en rutin kan innebära att bryta en maktordning. Ett sätt att syna en maktordning kan vara att syna dom rutiner som hör ihop med maktutövningen.
Nu när jag flyttar till en annan plats måste jag också skapa nya rutiner.
Hur väl jag lyckas med det återstår att se.
Religion tycks vara uppbyggt och hålls ihop av rutiner och ritualer. Utan dessa rutiner, ritualer och återkommande aktiviteter skulle nog mycket rasa samman och upplösas i förvirring.

Det för in mig på tankar om Gud.

Många hävdar Guds existens genom att säga: Det måste finnas någonting som är större än jag själv. Detta större skulle då alltså vara Gud. Jag skulle kunna säga tvärtom: Allting är större än jag själv är; förutom Gud. För, någonting som inte finns kan inte vara större än det som finns.

Vilket leder mig in på tankar om att vår kognitiva föreställningsförmåga inte fullt ut anpassar sig till de naturvetenskapliga realiteter som är givet de förutsättningar våra livsbetingelser erbjuder. Alltså, vår förmåga att bedra och manipulera gör att vi luras att tro att vi inte är lurade. Nej, jag tror inte på Gud. Jag har inte sett ett enda bevis eller ens minsta lilla tecken på att någon Gud skulle existera. Att någon Gud skulle komma och ingripa, ställa saker till rätta, stoppa lidanden, bestraffa tyranner eller hjälpa utsatta och förtryckta människor. Nej, allt talar för det motsatta, att det inte finns någon Gud. Det räcker med en hastig blick ut över världens elände för att konstatera att det finns ett enormt hjälpbehov - men ingen Gud.

I sin lilla bok "Hur man botar en fanatiker och om att skriva" återger författaren Amos Oz en berättelse om en person som sitter på ett utecafé i Jerusalem. Han inleder ett samtal med en gammal man som sitter bredvid honom. Det visar sig vara Gud. Han tvivlar men efter vissa tecken blir han övertygad om att det är Gud han sitter mittemot och vill ställa en mycket angelägen fråga. Han säger: "Käre Gud, var nu snäll och tala en gång för alla om vem som har den rätta tron. De romerska katolikerna eller protestanterna eller judarna, eller är det muslimerna? Vem har egentligen den rätta tron?" Amos Oz skriver att i den här berättelsen svarar Gud: "Om jag ska säga som det är min son, så är jag inte religiös. Jag har aldrig varit religiös, jag är inte ens intresserad av religion."
Vad jag tycker är spännande, i den här lilla berättelsen som författaren återger, är valet av fråga. Vi skulle kunna

tänka oss en hel katalog av frågor som kan ställas till Gud. Men det blev: Vem har den rätta tron? Att jag som ateist finner frågan helt absurd är inte så konstigt – den rätta tron på något som inte finns! Förvisso en intressant tanke. Men blir inte frågan också märklig för troende personer? Jag menar, om det finns en Gud borde det väl rimligtvis bara finnas en tro på den Guden? För antingen så tror man att Gud finns eller så tror man inte att Gud finns.

Det kunde ju lika gärna ha varit en kvinna, men frågan mannen i berättelsen ställer till Gud bär på det underförstådda, som avslöjar hela det monumentala kärnproblemet, nämligen att det finns många som inte har den rätta tron. Alltså fel tro.

För mig skruvas det absurda upp ytterligare några varv. Att ha fel tro på något som inte finns!

Upptagenheten runt om i världen av vilka som har den rätta och inte rätta tron är häpnadsväckande. För att inte tala om alla dessa förödande konsekvenser med död och lidanden denna rätt-och-felretorik orsakar.

Det jag fann vara så lustigt i den här lilla berättelsen var att Gud och jag är överens – att ingen av oss är religiös.

En sista reflektion. Om jag inte tror på Gud är jag heller inte religiös. Om jag tror på Gud måste jag väl ändå vara religiös? Det går väl knappast att tro på Gud och inte vara religiös? Eller?

Utifrån denna lilla historia skulle det kunna innebära att Gud, som inte är religiös, inte tror på Gud.

En, enligt mig, helt rimlig slutsats.

Detta leder mig in på ett delvis annat spår och andra funderingar som anknyter till ämnet.

En central "plats" i diskussionerna om döden är paradiset.

När jag ska försöka förstå och analysera något måste jag först verbalisera, sedan konkretisera och visualisera det jag vill begripa eller sätta mig in i. Även som ateist måste jag medge att religionen engagerar mig. Det finns utan tvekan många intressanta frågeställningar som religionen tar upp och när det gäller just döden så har kyrkan, tillsammans med sjukvården, det som en "specialområde". Och här är jag övertygad om att exempelvis präster kan fylla en viktig funktion för människor som befinner sig i livets slutskede och deras anhöriga.

Paradiset – en betraktelse.

Paradiset är en viktig del i många religioner. Oavsett vad det har för funktion och vilken roll paradiset har i dom religiösa systemen så är det en konstruktion av vår föreställningsförmåga. Även om det kanske ska tolkas symboliskt så tycker jag att det kan vara intressant att konkretisera denna föreställning i ett försök att ta den ett steg längre.

Jag har väldigt många frågor om denna plats. Som; var ligger egentligen paradiset? Öster om Eden? I himlen? Jag har hittills inte stött på någon trovärdig beskrivning. Min bild är att det är en varm och skön plats. Uppe i himlen är det kallt så där kan man inte springa omkring naken, om man nu är naken i paradiset? Vad är det för regler som gäller där? Jag har hört att självmordsbombare kommer dit, det skulle kunna bli intressanta diskussioner. Kan man föra diskussioner där över huvud taget? Kan man prata politik, religion, sport? Kan det vara så att man fortsätter att diskutera dom frågor man gjorde på jorden?

Vilka uppoffringar måste man egentligen göra för att komma till paradiset?
Vad får man för mat där? Jag har inte ätit kött på 30 år. Tänk om det första jag blir serverad är oxfilé med bearnaisesås? Dom kanske vill göra sig till och serverar en välkomstmiddag med löksoppa som förrätt och ostkaka som efterrätt. Ostkaka är det värsta jag vet och löksoppa tycker jag är gott men blir så gasig i magen av. Jag som är så artig kommer att känna mig tvungen att äta upp och då kommer magen troligtvis att skära ihop. Undra hur toaletterna ser ut i paradiset? Är det separata herr- och damtoaletter?

Troligtvis kommer jag att vara tvungen att rusa på muggen mellan huvudrätten och den där förbannade ostkakan.

Är det verkligen värt att sträva efter att komma dit? Helst skulle jag vilja ha tag i en broschyr som beskriver stället lite mer ingående. Som det är nu så är det lite för många frågetecken för min del. Gäller mitt körkort där till exempel, eller måste jag ta om det? Jag skulle nog aldrig klara teorin. Vilka trafikregler är det som gäller? Kör man på höger eller vänster sida? Det är en intressant fråga, för är det vänstertrafik i paradiset kan man ana att det finns inflytelserika engelsmän där. Då kan man även befara att det finns en massa kricketplaner där också, och ska jag vara ärlig så fattar jag ingenting av den sporten, om man nu kan kalla det för sport?

Jag har hört att dom muslimer som når paradiset kommer att kunna dricka ur fyra olika floder. I min föreställningsvärld är det ett och samma paradis oavsett vilken trosinriktning man har. I en av floderna rinner friskt och klart vatten, i en rinner mjölk, i en flyter det honung och så en med vin. Jag som inte är så vidare förtjust i vare sig mjölk eller honung. Mjölk dricker jag bara i min cappucino. Jag hoppas verkligen att det är italienare som fixar kaffet där. Vinet som rinner där lär man visste inte bli berusad av, man slipper visserligen huvudvärken sägs det, men själva poängen med att dricka alkohol är borta och alkoholfritt vin vet man ju hur det smakar. Jag får alltså räkna med att hålla till godo med vattnet.

Alla kvinnor som kommer till paradiset lär förvandlas till unga, fagra oskulder som inte har mens. Inga PMS alltså - det är bara att gratulera. Vad jag har förstått så förvandlas inte männen.

Man kommer också att återförenas med sin familj. En fråga dyker genast upp; min mor dog när hon var 83 år och om både hon och jag kommer till paradiset så kommer jag att träffa henne som ung, vacker oskuld!

Tänk om man står i begrepp att skilja sig och så dör båda innan några juridiska formaliteter har satt igång. Hur gör man då, vem ska man prata med? Tänk om det kanske var mannen som ville skilja sig. Låt säga att dom är i 60-årsåldern, lite slitna efter ett långt arbetsliv, och så träffas dom i paradiset. Hon som 18-årig, ung, vacker oskuld medan han inte har förändrats ett dugg förutom att han befriats från värken i leder och muskler. Här kan lura en kvinnofälla, för då plötsligt är det kanske så att hon vill skiljas och inte han och då är frågan; får man över huvud taget skilja sig i paradiset? Vad är det som gäller?

Jag vill inte gärna hamna i helvetet, för där är det obeskrivligt hett, och blir man törstig, vilket man blir i extrem hetta, då får man kokande vatten att dricka. Jag skulle utan tvekan kunna lära mig att dricka honung bara jag slipper dricka kokande vatten när det brinner runt omkring mig.

Det är lätt att tro att föreställningarna av paradiset bygger på manliga fantasier snarare än på "fakta".
Ingen, vad jag vet, har varit i paradiset och kommit tillbaka till jorden.
Av detta kan man dra två slutsatser:
1. Det är väldigt trivsamt där, så inte ens en idiot skulle lämna denna plats.
2. Ingen har varit där för att:
   a. det inte finns något paradis
   b. ingen har lyckats ta sig dit in.
Vi saknar alltså ögonvittnesskildringar från paradiset och därför får vår fantasi, och den föreställningsförmåga vi har begåvats med, skapa bilden av denna fantastiska plats.

Jag undrar om alla är nakna, så som Adam och Eva var innan dom strulade till det med att äta äpplen från kunskapens träd. Att hon gjorde det, och senare även han, är ju inte så konstigt, eftersom dom inte hade någon kunskap. Hur som helst, när dom blev utkastade så var dom tvungna att skyla sig. Detta leder till ännu några tänkbara slutsatser:

Ut från paradiset = kläder på.

In till paradiset = kläder av.

Alla trivs inte med att gå omkring nakna bland andra människor, allrahelst okända och främmande människor. Det kanske finns en del av paradiset där man är naken och en del där man har kläder på sig. Då infaller sig frågan; vad har man för kläder på sig? Har kvinnor och män samma typ av kläder? Och vilka färger är det som gäller? Det kan väl ändå inte vara så att män har blåa kläder och kvinnor rosa? Alla kanske får gå till en skräddare som syr upp dom kläder man vill ha och trivs bäst i? Jag har lite svårt att föreställa mig folk som går i mörk kostym, vit skjorta och slips. Om det är så att alla är nakna, var tar man då av sig kläderna när man kommer? Finns det någon garderob där man hänger in sina kläder? Får man då en nummerbricka som på krogen? Var gör man i så fall av den, alla går väl inte omkring med en fånig nummerbricka i handen? Eller finns det omklädningsrum där man kan hänga in sina kläder i ett plåtskåp? Alla kanske måste gå och duscha efter ankomsten? Separata herr- och damduschar? Och med vilken doft är tvålen parfymerad?

Varför skulle man över huvudtalet vilja komma till paradiset? Kanske i första hand för att det är något positivt som lockar. För att man ska sträva efter att komma till paradiset måste det erbjudas något långt utöver det vanliga, något extra och speciellt. Fråga är om man verkligen har lyckats med det? Ett knep att ytterligare försköna denna underbara plats och fantastiska tillvaro är att jämföra det med det värsta tänkbara, en kontrasterande motpol. Ett klassiskt retoriskt trick helt enkelt.

Om man gör denna motpol så fruktansvärt hemsk det bara går får man den positiva sidan att se mycket behagligare ut än vad den gör utan jämförelse. Vår fantasi och uppfinningsförmåga är långt mer driven när det gäller att beskriva helvetet och alla ohyggligheter som väntar oss där, än när vi ska måla upp bilden av paradiset.

En annan befängd sak som slagit mig är det märkliga uttrycket skatteparadis. Det är inte ett paradis av skatter, det är ett paradis utan skatter! För mig är skatter fördelningsbara resurser som är till för medborgarnas gemensamma och nödvändiga angelägenheter. Men aktörerna i ett skatteparadis är ju inget annat än snåla, egoistiska och giriga fifflare som smiter från att bidra till den allmänna välfärden. Att hamna i ett paradis med sådana människor skulle vara ett helvete.

Tillbaka till det himmelska, "riktiga" låtsasparadiset. Det kanske är så att paradiset är överreklamerat? Och verkar det inte orimligt mycket vi måste försaka av jordelivets goda för att möjligtvis, helt utan några som helst garantier, få en plats i paradiset?

Jag undrar om det inte kan bli långtrångt där, lite trist i längden? Vi snackar ju evigt liv. En fråga som inte går att undvika när man tänker på paradiset är, inte minst om alla är nakna, hur det förhåller sig med sexualdriften. Jag har inte fått uppfattningen om att det skulle röra sig om fri sex där, men säker ska man väl inte vara. Och jag tänker på alla unga män som offrat sina liv med löften om vackra kvinnor som ska vara oskulder. Ska dom också förbli oskulder, kan man ju undra, eller? Men om vi blir berövade vår lust att ha sex där, hur många vill då komma till paradiset? Jag tror inte jag är ensam om att vilja veta det.

En annan av alla frågor jag undrar över är hur man kommer dit? Hur går själva förflyttningen till? Jag antar att den är miljövänlig. Om vi föreställer oss, vilket jag tror många gör, att paradiset ligger någonstans i himlen, i en tempererad zon förstås, så måste det handla om någon form av flygtransport. Att det skulle vara fråga om att en och en transporteras dit verkar osannolikt så det troliga är att det rör sig om någon form av samåkning. Antagligen hamnar man först i någon typ av terminal, transithall eller liknande. Därifrån tar man sig sedan vidare till någon gate och därefter in i nån typ av farkost. Finns det någon resledare? Alla åker naturligtvis i första klass. Fria drinkar? Nej, kanske inte. För hur skulle det se ut om folk drällde in lite halvpackade i ankomsthallen till paradiset? Inte snyggt. Och dom som var asfulla skulle säker skickas tillbaka omedelbart. Det kanske finns en direkthiss rakt ner till Helvetet därifrån?

Någonting jag verkligen skulle vilja veta är hur själva urvalet till att få komma in till paradiset går till? Om man fick tag i dom instruktionerna skulle det vara så mycket lättare. Vet man reglerna så vet man också vad man har att rätta sig efter. Sen kan man naturligtvis välja att inte följa reglerna och instruktionerna, men det är en annan sak som har med den "fria" viljan att göra.
Vi kan lista ut vem som gör urvalet till vilka som kommer till paradiset, men inte hur och på vilka grunder. Ser man Gud som en ledare, en chef, så tycker jag att Gud är otydlig på den punkten. Otydligt ledarskap skapar förvirring i organisationen, vilket gör att man får svårt att fokusera på de uppställda målen. Fanns det bestämda och entydiga kriterier skulle vi stakars människor ha det betydligt lättare att avgöra om vi tyckte det var värt mödan och uppoffringen att komma till paradiset.
Om man nu inte råkar vara en bland dom utvalda och ändå tycker att man försökt efter bästa förmåga, finns det då inget annat sätt att ta sig in? Man kanske bara har haft oturen att växa upp i en socialt utsatt och kriminellt belastad miljö där man blev tvingad att uträtta saker man tyckte var fel och ohederligt. Att man aldrig fick en ärlig chans att visa sitt rätta, innersta jag.
Är paradiset omgärdat av stängsel med taggtråd eller av en hög mur? Finns det i så fall gränsvakter? Då kanske det också finns paradissmugglare som mot höga ersättningar illegalt tar in folk genom hemliga gångar under muren? Men vad händer om några blir upptäckta och avslöjade?

Dom kan ju inte bli nedskjutna av vakterna eller sättas i något paradisfängelse? Undra om det går att söka asyl i paradiset med motiveringen att förhållandena på jorden är omänskliga? Det kan väl ändå inte vara så att utsatta människor som inte har sina papper i ordning körs ut? Och raka vägen till helvetet? Jag kan föreställa mig att det kan vara svårt att ljuga i paradiset, vilket kanske gör det svårt att leva där som illegal paradisinvandrare. Men det är klart, några ska väl göra skitjobben även där. Antagligen gäller det att ha kontakter och hyfsade referenser för att ta sig genom paradisets portar.

Om man nu kommer in, då undrar jag; vad gör man där? Hur sysselsätter man sig? Löser korsord? Jag är fullständigt värdelös på korsord. På en fyra timmars tågresa jag gjord för en tid sedan löste jag inte ens ett halvt korsord. Morsan var rätt bra på korsord så hon får väl hjälpa mig. Kan man spela bowling i paradiset? Minigolf kanske? Fast det är skittråkigt, jag tror aldrig jag har avslutat en minigolfrunda med gott humör.

Jobba kommer man väl ändå inte att göra? Eller? Tänk om jag glider tillbaka in i arbetarklassen igen? Jag började min bana som mopedbud, tryckeribiträde och vaktmästarassistent. Tänk om jag får arbeta i paradisets storkök och stå och servera leverstuvning och blodpudding med vitkålssallad och lingon? Lukten av blodpudding gör mig illamående. Eller jobba på vaktmästeriet. Dela ut internposten och åka ärenden. Det är ju ändå något jag gjort tidigare och kan.

Men om det är så att ingen arbetar, hur det nu skulle gå till, så innebär det att alla är arbetslösa, vilket i sin tur måste betraktas som ett privilegium. Eller? Då är att vara arbetslös på jorden en sak, medan att vara arbetslös i paradiset en helt annan sak. Intressant!

Förresten, var sover man? Och hur bor man? För man kan väl inte vara vaken hela tiden, då blir det ju ännu mer tid man måste hitta på saker att göra? Bara det inte är sovsalar. Jag har skräckupplevelser av sovsalar. Så det första jag ska försäkra mig om är att få åtminstone ett eget rum, helst en egen våning med milsvid utsikt. Borde vara ett minimikrav.

Vid närmare eftertanke – är verkligen paradiset någonting att sträva efter? Jag kan med bävan föreställa mig den dagligen upprepande frågan: Vad ska vi hitta på idag? Spela kort? Lägga patiens, lösa korsord, spela minigolf, biljard, kasta pil, spela bingo eller fia med knuff? Ta en promenad? Diskutera existentiella frågor? De sju dödssynderna? Vad är meningen med livet? Eller vad var meningen med livet? Varför fanns vi?

Finns Gud? Det troliga är att han även där, i paradiset, fortsätter att hålla sig undan, borta, gömd.

Att han förblir en alltid osynlig men ständigt diskuterad myt som sysselsätter människornas tankar och känslor.

Nu har jag i alla fall sålt sommarhuset. Till en ung grabb uppvuxen i Vånga där huset ligger. Han verkar redig och trevlig. Jag fick 360,000: - Vi har skrivit kontrakt så nu ska vi bara byta nyckeln mot pengarna. Från att ha haft två hem på sammanlagt 170 kvm kommer jag snart bara ha ett hem på 43 kvm.

Idag har jag äntligen kommit igång att rensa. Först åkte jag och köpte flyttkartonger och stora plastbackar med lock. Jag började i en garderob. En speciell garderob som jag inte hade öppnat sedan vecka efter Erika dog. Det var hennes klädgarderob. Redan efter någon minut förstod jag varför mitt motstånd till att sätta igång varit så stort. Efter att vi hade lämnat in alla hennes kläder till Återvinningen hade jag fyllt garderoben med alla hennes arbetsmaterial. Jobblitteratur, mängder med fullproppade pärmar och tidskriftssamlare med papper. Och framför allt en mängd anteckningsböcker och block fulla med hennes handstil från möten hon haft med människor i sitt arbete. Jag kastade allt förutom böckerna och ett antal häften med reflekterande tankar om i första hand relationer, i grupper, mellan vuxna människor och mellan vuxna och barn.

När jag stod där och sorterade ut vad som skulle kastas och vad som skulle sparas blev det så uppenbart och påtagligt hur tillfälligt livet var. Allt arbete. All strävan. Jag hade svårt att orientera mig i den motsägelsefulla tillvaron.

I kraftfälten mellan det meningslösa och det meningsfulla. Jag kände ett obehag i kroppen när jag i ljusblåa plastsäckar kastade ner resultaten av alla dessa oräkneliga arbetstimmar som hon hade lagt ner genom åren. Det var begripligt och obegripligt på en och samma gång.

Även resultaten av allt mitt nedlagda arbete i olika former kommer också att kastas i plastsäckar av någon annan. Om jag nu inte en dag bestämmer mig för att göra det själv.

Men jag ska erkänna att jag har svårt att kasta mina anteckningar, utkast, skisser och utskrifter och annat jag har åstadkommit genom alla år. Det allra mesta är naturligtvis bara intressant för mig.

Under en paus tog jag en promenad i skogen och såg där en halvfärdig koja.

Det slog mig, och blev så tydligt, när jag drog mig till minnes mina barndoms kojor, att det var planeringen, arbetet och färdigställandet av kojan som var den stora behållningen.

Sällan att vara i den. Möjligtvis att förvara, gömma, saker där.

I tre veckor har jag haft semester. Tre veckor återstår. I två av dessa tre veckor som gått har jag nästa uteslutande ägnat mig åt att rensa, gå igenom skåp och lådor, sortera ut det som ska kastas eller skänkas. Nu är jag "klar" med den första utrensningen. Eftersom utrymmena där jag kommer att bo är så begränsade inser jag att jag måste börja med en andra utrensning. Jag har hyrt ett förråd på 5 kvm i tre månader. Jag köper mig lite tid och skjuter upp vissa beslut. Men också för att det är svårt att se hur mycket jag får och inte får plats med. Än så länge känner jag mig inte så stressad. Tanken är att flyttlasset ska gå 4-5 augusti. Helgen innan jag börjar jobba. Jag måste inte vara ute ur lägenheten förrän sista augusti, men jag vill inte hålla på med flytten och samtidigt jobba, eftersom jag vet att jag har förbannat mycket att göra när jag är tillbaka på jobbet.

Jag har länge haft en tanke som återkommit allt oftare och tydligare, nämligen att jag inte har någon lust att jobba. Jag vill vara ledig; en längre tid! Rent av hela 2018. Med så låg hyra och en efterlevandepension skulle jag i stort sätt klara mig ekonomiskt.
Frågan jag nu måste ta ställning till är alltså inte i första hand ekonomisk utan om jag vill vara borta från ett sammanhang jag ändå trivs ganska bra med och tyckt varit meningsfullt.
Nu har jag chansen att ta ett friår och göra det jag länge velat. Nämligen skriva och läsa. Kanske återuppta musiken och mitt låtskrivande? Måla och teckna. Koncentrera mig på enbart mina egna projekt.
Ett drömläge. Mina chefer och vår ekonom borde hälsa ett sådant initiativ från mig med glädje eftersom det skulle bidra till att få ner budgetunderskottet.
Så om jag kommer in med en tjänstledighetsansökan på 100% för hela 2018 så är chanserna goda att få den godkänd. Vår ekonom skulle rent av jubla.

Fram till i våras saknade jag helt lusten till att resa utomlands men insåg samtidigt att jag behövde komma bort lite den här sommaren. Inte minst för att jag tillbringade större delen av min semester förra året i lägenheten.

En av anledningarna till att jag kände så då var säkert att jag inte hade några större behov av nya intryck och upplevelser. Jag hade nog med mitt inre, att få ordning på alla tankar och känslor och återhämta mig.

Jag ville inte upprepa förra sommaren. Därför bestämde jag mig för att resa bort en vecka.

Till Tyskland med två nära vänner som Erika och jag rest tillsammans med många gånger genom åren. Det kändes tryggt på något sätt.

Vi åkte till Kassel för att se Documentautställningen. Vi hade varit där fem år tidigare. Då alla fyra.

Jag tyckte det var ett bra resmål, tydligt, strukturerat och avgränsat. Det passade mig. Att bara åka iväg för att byta miljö och enbart semestra i största allmänhet hade jag inte behov av.

Av någon anledning var jag inte så orolig för att det skulle bli jobbigt att återvända dit utan Erika.

Inte ens när det stod klart att vi, mer av en tillfällighet, bokat in oss på samma hotell som 2012.

Vi flög till Bremen. Därifrån tog vi tåget till Münster och sov där en natt.

Dagen därpå ägnade vi oss åt att cykla runt i staden på jakt efter skulpturer.

Var tionde år anordnar Münster en skulpturutställning på offentliga platser runt om i staden.

En blandning av dåligt informationsmaterial, att vi hade svårt att hitta och för lite tid, gjorda att den där förväntade konstupplevelsen uteblev. Det gjorde mig ingenting. Jag var nöjd med att få komma till Münster och cykla omkring och se staden. Och så stora förväntningar hade jag kanske inte heller, även om det skrivits en del uppskattande om det i pressen.

Sent på eftermiddagen satte vi oss på ett tåg till Kassel. Det var 14:e gången som Documenta arrangerades, vilket alltså sker vart femte år. Ett av de största prestigeprojekten i konstvärlden. Konstkritikerna var avvaktande till årets upplaga. Jag kan bara konstatera att dom på flera punkter hade rätt. Även här uteblev dom stora konstupplevelserna. Det var betydligt intressantare konst för fem år sedan. Men det gjorde mig inte det minsta. I fyra hela dagar gick och åkte vi runt och såg mängder med konstnärer som ställde ut sina verk på vitt skilda platser i staden. Konstkonsumtion i stor omfattning och högt tempo. Däremellan endast pausar för att äta och dricka. Vi besökte dom flesta utställningsplatser. Vi hann däremot inte, så klart, se alla verk. En del, ganska många dessutom, videoverk, var långa.

Jag kan finna det märkligt hur man som konstnär väljer att visa timslånga videofilmer i detta hav av utbud och där en "normalbesökare" tillbringa två, kanske tre dagar där, inte som vi, fyra hela dagar. Om man som konstnär är intresserad av sin publik, har en vilja att kommunicera med den och förstår den kontext verket ska ingå i, alltså att man är en av väldigt många konstnärer, kanske man inte bör välja att visa ett berättande videoverk på 60 minuter, ibland längre. Jag tänker i alla fall – tror någon på fullaste allvar att jag tänker ägna en hel timme av min dyrbara tid här för att sitta inne på en hård bänk för att se på någons rörliga bilder? Nej! Det fanns många intressanta, professionellt genomförda och välgjorda videogestaltningar samt en hel del som var dess raka motsats.

Det var alltså vad man kan förvänta sig – högt och lågt och en stor bredd och variation i form och innehåll.

Ändå ganska nöjda tog vi tåget på torsdagskvällen tillbaka till Bremen där vi stannade tills lördag morgon då vi flög hem igen.

Även om jag reste med mina vänner så var jag på ett sätt ändå ensam. I 30 år reste Erika och jag tillsammans. Först med barnen, sedan vi två, för det mesta själva. Ibland med vänner. Nu fick jag bo ensam i enkelrum.

Ungefär fyra månader efter Erikas död gjorde jag min första resa. Till Göteborg.

Jag skulle på en konferens. Den var på måndagen. Jag mådde inte bra, hade börjat jobba halvtid, men ville ändå åka. Det fanns en rädsla hos mig att jag inte skulle våga, vilja, ha lust att resa och bo borta på hotell. Den rädslan insåg jag måste besegras. Min lösning blev att bjuda med Oskar och Alvin. Vi åkte tåget ner på lördagsförmiddagen. Jag hade bokat ett dubbelrum till dom en natt och ett enkelrum till mig i två nätter. Dom blev min trygghet och hjälp i mitt första steg mot att resa ensam, själv, på egen hand. Dom fattade precis vad det handlade om och har hela tiden varit ett stort stöd till mig. När jag skrivet det här kommer tårarna, båda av djup sorg men också av en innerlig glädje över mina, våra barns stöd, empati och förståelse. Det fyller mig med värme och tacksamhet.

Jag hade beställt bord på en av Göteborgs stjärnrestauranger. Det blev en fin kväll men saknaden var svår för oss alla.

På söndagsförmiddagen åkte dom hem och jag fördrev tiden på några museer.

På kvällen satte jag mig på en restaurang och gjorde mig upptagen med att skriva.

Det fungerade ganska bra.

På natten till måndagen fick jag en helvetes migrän och höll på att inte ta mig till konferenslokalen. Jag mådde så fruktansvärt dåligt. Kunde knappt få i mig någon frukost. Väl där blev det lite bättre och jag tog mig igenom konferensen, dagen och resan hem.

Efter den resan har jag varit i Stockholm ett antal veckoslut och där bott på hotell, träffat folk, varit på möten och gått på utställningar. Nu har jag vant mig lite.

Det värsta har inte varit att bo själv, det kan jag tycka är ganska skönt. Jag har blivit erbjuden att övernatta hos vänner och hos Alvin, som bor där med sin flickvän, Tone, men avböjt.

Jag har velat kunna dra mig tillbaka, låsa om mig.

Nej det värsta har varit att gå ner och äta frukost. På lördags- och söndagsmorgnar sitter i stort sätt ingen och äter frukost själv. På helger bor man på hotell tillsammans med sin partner, sin familj eller sina kompisar. Inte ensam. Det gör man på vardagar.

Den känslan jag hade dom första gångerna, av att sitta och äta frukost ensam, var plågsam.

Jag fick nästan yrsel när jag skulle gå och hämta mat. Obehag och olust.

Jag kände mig utpekad och uttittad, vilket jag naturligtvis inte var. Det var säkert inte många, om några alls, som la märke till att jag satt själv och åt min frukost.

Det kanske inte var så överraskande men att det skulle vara så påtagligt, att känslan av utanförskap skulle vara så stark, var jag inte beredd på.

Jag tycker fortfarande inte det är trevligt att sitta och äta ensam bland främmande människor, men jag blir inte längre yr och kan stänga ner, avskärma mig lättare nu.

Jag har ju bara två val. Antingen avstår jag från att resa eller så reser jag och acceptera att det är jobbigt och ansträngande. Och jag tänker inte avstå. Att resa ensam är något helt annat.

Förra sommaren skrev jag en hel del texter. Främst kortare.

Det blev en viktig del i min sorgebearbetning.

I skrivandet, processen, fick jag syn på både intellektuella och känslomässiga perspektiv som jag annars inte såg.

Skrivandet uppenbarade, blottlade det undangömda, det dolda som inte nås enbart med tankeförmåga.

Skrivakten blev som ett verktyg, ett redskap att nå in till andra lager av minnen, erfarenheter, upplevelser och känslor.

Varje återkallelse

Ensamhetens upptäckter:
Dödsboägare
Efterlevande
Kvarlåtenskap

Konfrontationer
i tiden – i rummet
Ord. Bilder. Situationer
Mellan regellöshet och regelbundenhet
Fritt flytande noder av minnen
där avstånden fylls ut av saknad

Varje återkallelse
bär med sig sina tecken
av betydelsebärande tillstånd
placerade i skymundan
bland lagren av spår och väntan

Sorgen breder ut sina
stora tunga gråsvarta vingar
omöjliga att flyga med.

Fasad

Den ger inget skydd
Ingen stadga

Tunn och skör
reser den sig
från min sorg
mot min saknad

Blommorna
vid begravningen

Blev en fasad
av rosenblad

Vad finns det att säga?

1.

Vad finns det att säga om ett mönster i en matta?
Om en porslinskatt på en byrå?
Vad finns det att säga om en fåtölj där en älskad person aldrig mer kommer att sitta?
Om en enkel säng där en ensam människa varje natt möter sina oroliga drömmar?
Vad finns det att se i ett fotografi av någon som inte längre finns?
Vad finns att säga om ett hem där inget någonsin kommer att bli sig likt igen?
Vad finns det att säga om en djup sorg som ingen annan än den som bär på kan känna?

2.

Så vad finns det att bekymra sig över när vi redan vet hur den stora berättelsen slutar?
Vad finns det att prata om med dom som påstår sig ha alla svaren?
Vad finns det att diskutera med dom som har slutat lyssna?
Vad finns det kvar att förneka när ingen längre vet vad sanningen står för?
Vad finns det kvar att fördöma i en värld av så många självutnämnda domare?
Vad finns det kvar att hata som inte någon annan redan gör?
Vad finns det kvar att förklara för alla dom som vägrar förstå?
Vad finns att säga om denna tid annat än att den är utmätt för varje lite människa på jorden?
Vad vill vi säga om denna värld till kommande generationer?

Ensam

Lämnad ensam
Leva ensam
Vara ensam
Känna mig ensam
Bo ensam
Kanske förbli ensam
Laga mat ensam
Äta ensam
Gå och lägga mig ensam
Sova ensam
Städa ensam
Titta på teve ensam
Lyssna på musik ensam
Ta en skogspromenad ensam
Resa ensam
Se ut genom fönstret ensam
Skratta ensam
Gråta ensam

Allt vi fick uppleva tillsammans
Allt det fina. Det vackra.
Allt det svåra. Allt slit. All kamp.
Först oron
Sedan rädslan
Därefter beskedet
Chocken
Diagnosen
Ångesten
Alla behandlingar
Tre år av bräckligt hopp
Återfallet
Den definitiva domen
Slutet
Ditt liv var över
Begravningen

Ensam med mina drömmer

Ensam med min rädsla
Ensam med min oro
Ensam med min sorg
Ensam med mina tankar
Ensam med mina frågor
Ensam med mina minnen
Ensam med min längtan

Vad återstår?
Åldras ensam
Utan dig
Dö ensam
Med vår kärlek

Det iskalla regnet

I det iskalla regnet
stod jag tills mina läppar vitnade
Jag tänkte: Detta är nog livet
Så här måste det också vara
Vad kan jag göra i ett iskallt regn?
Vad kan jag använda mina köldvita läppar till?
Att hata?
Det är enkelt. Att hata har aldrig varit svårt.
Men jag vill inte hitta någon mening i hatet
I det iskalla regnet
tvingas jag skölja igenom smärtpunkterna i mig
för att inse saknadens yttersta gränser
Jag skapar ritualer i det iskalla regnet
Jag försöker att föreställa mig solen
Varma vindar
Söta dofter
för att stå ut
Jag letar i mina minnen
I mina drömmar
Bortom mina mörka återvändsgränder
Jag måste känna, lyssna, se och smaka på det iskalla regnet
och jag är tvungen att erövra det
bemästra det
men det går aldrig att förstå
det iskalla regn som döden kommer med

Gränd

Vid slutet av en gränd
Dom sista portarna är låsta
Igenspikade
Trapporna söndervittrade

Skuggorna lutar sig mot muren
Minnen balanserar uppe på kanten
för att sedan falla ner i djup glömska
Ljudlöst

Sorgen fastnar i saknadens vita nätmaskor
Bara tiden kan vittja ett sådant nät

Det sista andetaget
lägger ut en blå dimslöja av gåtor
Omöjliga att lösa

Tomrum

Att tvingas möta
det definitiva
det absoluta
det slutliga

Att tvingas in
i en annan tid och ett annat rum
Efter det att döden har skurit sitt skarpa snitt
och delat tiden i ett före och ett efter

Med ditt sista andetag
öppnade du ett nytt rum
mitt tomrum
Där vågor av sorg slår in genom väggarna
In i mina drömmar
där ingenting är sig likt

Det tomrum jag har lämnats i
kan ingen annan besöka
Någonsin
Inte ens du

I det tomrummet
måste jag skapa mig mitt liv
Vara där
Finnas där
Våga stanna där
Aldrig låsa in mig där

För jag vet att jag inte kan ta mig förbi
inte ta mig igenom sorgen
den kommer för alltid finns
i detta rum.

Biverkningar

Hon, läkaren, sa att det var som blåsljud.
Hård vind.
Men det kom inte från hjärtat.
Absolut inte från lungorna.
Det var ovanligt, sällsynt och svårdefinierbart sa hon.
Exakt varifrån det kom kunde hon inte säga.
Det var omöjligt.
Det liksom flyttade på sig.
Men det var säkert inte någon fara.
Att det nog skulle gå över.
Som dåligt väder.
Möjligtvis ihållande, men övergående.
Hon lyssnade, noga, lite varstans på kroppen och upptäckte ett flimmerljud
Inte heller det från hjärtat.
Det är nog dina oroliga tankar som låter så där sa hon med en fundersam min.
Sedan sa hon att det lät som ett dåligt rensat avlopp.
Jag frågade om det gick att göra någonting åt.
Svårt sa hon. Svårbehandlat.
Hon dröjde i sina tankar och sa sedan – det kan vara sorg.
Sorg är svårt.
Sorg är liksom ett kapitel för sig.
Det finns ingen medicin som kan bota sorg.
Sorgen har sina egna biverkningar ändå.
Dom konstiga ljuden jag hör i dig kan vara biverkningar av sorg.
Innan jag reste mig för att gå kom hon fram till mig och viskade:
Sorgen vill dig inget illa.

En del av universum

Mitt sovrum är del av universum.
Varje natt får jag nya uppdrag att genomföra.
Nya områden att bevaka.
Nya territorier att erövra.
Innan gryningen drar jag upp nya gränser på en karta
över vansinnets genomskinliga geografi.
Min sömn är dedikerad till den osynliga vetenskapen om
det undermedvetnas ytterområden.

Mellan tummen och pekfingret
gnuggar jag försiktigt fram saknade variabler
i den teoretiska fysikens hypoteser.
Om natten bär jag med mig en kodnyckel till mitt genetiska
tivoli.
Och jag vet var strömbrytaren till lustiga huset sitter.
Den sitter inne i mitt huvud.
Om jag börjar mixtra med den är jag fullt medveten om att
jag riskerar att bli galen.

Min hjärna är ett laboratorium där jag experimenterar med
levande fantasifoster.
Jag söker en metod att para ihop slumpen
med komponenterna till livets stora gåta, en ny formel
för att kunna formulera frågan om livets mening på ett helt
nytt och revolutionerande sätt.
Utan att Gud är där och petar med sitt långa, spetsiga och
seniga finger!

Mina försök går ut på att få fram mutationer
som leder till ett tredje och sista tillstånd utanför och bor-
tom ljus och mörker.
Att hitta substanserna som kan lösa upp tiden
och göra den till ett valbart system utan skarpa kanter och
vassa skarvar
mellan dåtid, nutid och framtid.
I mitt laboratorium ska jag bygga ventiler ner till dom för-
lorade ögonblicken

och konstruera ett fläktsystem som vädrar ut stanken från
dom rutna ideologierna.

Jag ska hitta sprickorna i världshistorien
med dom förödande misstag som har begåtts genom år-
hundradena
och förändra orsakssambanden som ledde dit.
Därefter kommer
INGENTING
att bli sig likt!

Existensvillkor

Har jag någon bra idé?
Har jag någon plan?
Har jag någon vilja?
Har jag någon drivkraft?
Har jag några utsikter?
Har jag några anspråk?
Har jag någon framtidstro?
Har jag några visioner?
Har jag några drömmar?
Har jag några ambitioner?
Har jag något att bidra med?
Har jag någon talan?
Har jag något att berätta?
Har jag något inflytande?
Har jag några kontakter?
Har jag någon kompetens?
Har jag något kapital?
Har jag någon tid?
Har jag någon plats?
Har jag något utrymme?
Har jag några val?
Har jag någon chans?

Existensvillkor?

För en tid sedan lyssnade jag på två entimmesprogram om singelliv som P1 hade sänt. Mycket välgjorda och intressanta.
Att jag väljer att ägna två timmar åt att lyssna på det är ju inte så speciellt konstigt, på ett sätt. På ett annat sätt är det naturligtvis bara tragiskt och sorgligt. Det har nu gått över ett och ett halvt år sedan jag blev ensam. Änkling. Efterlevande. Ett annat fult jävla ord som benämner en smärta, ett tillstånd av sorg. Ytterligare ett ord, som först nu kan börja läggas till är; singel.
Jag kan inte ännu kalla mig singel, men inser att med tiden och inte minst med flytten så kommer jag vara, vad jag än anser, just singel.
Hur jag ska förhålla mig till detta faktum har jag ännu inte någon klar bild av. Vilket jag heller inte känner att jag behöver. Inte än, men så småningom.
Programmen handlade just om vårt, och i synnerhet, samhällets, syn på singeln.
Normen är, har mycket länge varit och kommer säkert ännu en tid framöver att vara tvåsamhet och då i första hand en man och en kvinna. Den dominerande bilden av människans drivkraft, strävan, till och med den yttersta meningen, är att finna sin partner, gifta sig, bilda familj genom att "bygga" bo och skaffa barn. Avsteg har alltid funnits, men nu börjar avvikelserna bli alltför stora och betydande att en mer markant förändring och anpassning måste till. På sina håll bor det singlar i upp mot 50 % av alla hushåll.
Till att börja med krävs en helt annan inställning till singellivet, en radikal omvärdering, hävdar dom olika medverkande "experterna" samstämmigt i programmen. Och jag har inga som helst invändningar om det. Tvärt om.
Att hitta mitt sätt att identifiera mig som singel, är en annan sak.
Jag om någon vet att vem som helst, när som helst som lever i ett parförhållande kan bli ensam, singel. Av olika anledningar.
Förvisso gäller det ju inte bara det fysiska. Jag tänker att man i ett parförhållande kan hamna i ett känslomässigt

73

och själsligt singelskap, singeltillstånd. Förhållanden där kärleken och känslorna för varandra inte längre finns kvar. Där man bara dela det rumsliga och praktiska. Räknar man in alla dessa singlar i parförhållanden, hur man nu skulle kunna göra det, så ökar ju andelen som lever singel högst avsevärt.

Tänk alla par som gått i åratal i slocknade kärleksrelationer innan de bestämmer sig för att separera. I många fall med upplevelser av svårt utanförskap. Där omgivningen ges och får en föreställning om en parrelation men som bakom kulisserna är två ensamma människor som lever känslomässigt isolerade från varandra.

I programmet intervjuades en entreprenör som hade kommit på den lysande idén om en singelring. Alltså en ring som "signalerar" att man är singel. Precis som att en vigselring, vanligtvis en guldring på vänster ringfinger, visar att man är gift.

Om man inte är gift och således inte bär en vigselring så innebär ju inte det att man är singel eftersom man kan ha ett förhållande utan att vara gift. Jag tänker att en singelring både har ett symbolvärde och en funktion. En sådan ring kan man ju dessutom ta på och av lite efter behag och tillfälle. En viss kväll eller på en resa, en konferens kanske man vill visa att man är singel och vid andra tillfällen inte alls vill, orkar eller har lust att visa det. Kanske inte lika lätt att göra med en vigselring, i alla fall om man lever i en kärleks- och tillitsfull relation. Idén med en singelring tilltalar mig. Men om jag själv skulle kunna tänka mig att bära en är jag osäker på.

I 28 år bar jag min vigselring. Vårt giftermål var egentligen av juridiska skäl som jag glömt innebörden i men hade att göra med arv om någon av oss skulle dö när vi hade gemensamma barn. Hur som helst, det var en borglig vigsel utan inslag av välsignelser och var genomförd på några få korta minuter. Min beskrivning kan få drag av att vi gjorde det med en axelryckning, men så var det inte riktig. Vi hade en festmiddag tillsammans med föräldrar och syskon. Vi var uppklädda. Klänningen Erika bar hade hon sytt själv. Den har jag sparat tillsammans med den skjortan jag hade på mig då. I samma låda ligger vigselbeviset daterat den 14 maj 1988. Vi träffades i augusti 1985.

Sköterskorna, som kom hem och gjorde i ordning Erika strax efter hon dött och innan begravningsentreprenören kom med sin likbil, ställde en mycket svår fråga till mig: "Vill du att vi tar av henne vigselringen eller vill du att den ska sitta kvar?"
Jag var totalt oförberedd på frågan men fann den samtidigt både logisk och motiverad.
I deras yrkesutövning så var det en del av arbetet och dom var tvungna att ställa frågan och ha ett svar av mig.
Jag minns så tydligt min känsla av förvirring, förtvivlan, chock, sorg, alla spänningar och samtidigt hur jag försökte hitta förmågan att ge ett konkret svar på en konkret fråga.
Hur jag försökte väga argument fram och tillbaka.
Det första jag kom fram till var att jag inte ville att dom skulle slita av henne ringen.
Det skulle kännas som ytterligare en separation på något sätt. Det var jag som hade gett henne ringen.
Jag som hade satt ringen på hennes finger.
Jag ville inte att den skulle tas ifrån henne.
Den skulle få sitta där.
Den måste helt enkelt få sitta kvar på hennes finger.
Det var som om jag, genom ringen, fick följa henne dom allra sista förflyttningarna.
Först på en bår ner till likbilen.
Sedan till bårhuset.
Till begravningen på Krematoriet.
Kremeringen och sedan urnsättningen i minneslunden.

Så som jag minns det så tog det inte så många sekunder innan jag svarade sköterskorna:
"Jag vill att den ska sitta kvar."
Det tog däremot längre tid för mig att besluta när jag skulle ta av min ring.
Jag ville inte ta av den direkt.

Inte före begravningen som ägde rum den 10:e december.
Inte så länge som den fortfarande satt på hennes hand.
Jag kommer ihåg att jag funderade mycket och tyckte, efter begravningen, att det kändes lite märkligt att fortfarande ha ringen på mig.
Den hade ju helt mist sin funktion.
Jag var inte en gift man längre.
Jag var änkling.
Jag vet att jag tänkte att det nog borde finnas några konventioner som kan ge mig svar på hur man brukar göra.
Men jag hade ingen lust att ta reda på det.
Jag ville komma fram till det själv, vad som kändes rätt för mig.
Och en dag bestämde jag mig för att ta av mig ringen på morgonen, på det nya årets första dag.
När jag väl hade kommit fram till det kändes det helt rätt.

Så kom då den där dagen, den där morgonen.
Nyårsafton, firade jag på samma sätt som vi hade gjort sedan många år tillbaka, hemma hos nära vänner, med den oerhörda skillnaden att jag var ensam.
Jag var bara tacksam att jag hade orkat ta mig dit. Det kändes tryggt.
Alla som var där hade på nära håll följt hela förloppet och kunde därför dela saknaden.
Det kändes också bra att vi gjorde som vi brukade göra.
Det bekanta och välkända mitt i allt det nya och främmande.
Jag var låg, trött och frånvarande.
När tolvslaget kom tog jag mig i alla fall ut på balkongen, skålade och drack, lite illamående, några klungar.
För mig var det så tydligt, så uppenbart. Nästan instrumentellt, att det var en kväll, en afton där man ska fira in ett nytt, gott år, som jag var tvungen att klara, genomföra, genomlida, bocka av, få överstökad.
En station som måste passeras på sorgeåret. Den första julaftonen var passerad.
Och när jag vaknade upp på nyårsdagen var även den första nyårsaftonen "avklarad".

I dagboken skrev jag:
1 januari, fredag kl. 11.30. Har just kommit hem
från en 45-minuters skogspromenad. Är nästa inte
bakis alls. Innan jag gick ut tog jag av mig vigsel-
ringen. Även om jag hade bestämt mig sedan en tid
tillbaka för att göra det just idag så kändes det väl-
digt olustigt, det fanns ett motstånd, en ovilja att dra
av ringen. Med hjälp av lite tvål fick jag av den. Och
den har suttit på mitt vänstra ringfinger sedan 14
maj 1988. I över ett kvarts sekel. I mer än halva mitt
liv har jag levt med Erika. Nu när jag kom hem tog
jag även bort Erika ur min mobiltelefon. Det kändes
oerhört märkligt när jag bekräftade frågan som kom
upp; "Vill du radera kontakt?" det blir också samti-
digt en bekräftelse på min ensamhet. Att ta av mig
ringen och radera kontakten i telefonen är liksom två
stationer på väg bort från Erika. Det är två helt olika
förbindande till en människa som är laddade med
olika betydelser. Ringen står för både en symbol för
kärlek och ett juridiskt bevis. Där det juridiska re-
glerar lagstadgade rättigheter och skyldigheter i ett
äktenskap. Kärleken lyder helt andra "lagar" och där
ord som rättigheter och skyldigheter förgiftar kärle-
kens rotsystem. En telefonkontakt i en mobiltelefon
tar inte ens en halvminut att lägga till och bara några
få sekunder att radera. En simpel teknikalitet som
betecknar ett namn och ett antal siffror. Med några
enkla och snabba knapptryck kan namnet och siff-
rorna vara borta för all framtid. Kontakten är för all-
tid bruten – inte för tillfället avbruten. Det är inte
som namnet och numret till en ytlig bekant som
kanske mer av en tillfällighet har hamnat i telefon-
boken och som det var åratal sedan sista kontakten.
Det raderandet är inget annat än ett handgrepp, en-
kelt och osentimentalt. Känslan att radera den man
älskar mest, djupast och innerligast går inte att ut-
trycka – det finns inga ord som tillräckligt kan besk-
riva det. Jag måste lära mig att leva med "ordotill-
räckligheten."

Om 14 dagar börjar jag jobba.
Om 13 dagar går flyttlasset.
Om 7 dagar påbörjar jag det sista med att montera och packa ner allt utom det jag absolut behöver för att kunna bo fram till sista dagen.
I köket låter jag bara det allra nödvändigaste för mathushållningen vara kvar.
Sovrummet sparar jag till sist.
Om en vecka går jag alltså in i den operativa fasen.
Avslutande förberedelser och genomförandet av förflyttningen.
Lämnandet.

Det viktigaste är att få ordning på logistiken och basfunktionerna.
Nu för första gången kunde jag se en fördel med att vara själv, och när det gäller flytten.
Jag bestämmer allt helt själv.
Det här var den första och enda lägenheten vi hade tillsammans.
Vi tyckte vi bodde bra.
Vi trivdes med både lägenheten och området.
Fönster åt tre håll och två balkonger.
Det hände att vi tittade efter bostadsrättslägenhet eller radhus. Vi var på några visningar och med och budade några gånger. Men det var alltid någon som bjöd över.
Hade vi inte trivts hade vi naturligtvis flyttat och troligtvis köpt något.
Men vi gjorde inte som många andra i vår generation, någon bostadskarriär.
Vi betalade snällt vår hyra och bodde kvar.
En sak är jag övertygad om – nämligen att vi inte skulle varit överens om vad som skulle sparas och vad som skulle kastas. Erika hade betydligt svårare att slänga saker än vad jag har.
Nu behöver jag inte ta några diskussioner och lyssna på argument jag inte håller med om när det exempelvis gäller att spara saker som kan vara bra att ha kvar men inte använts på över 10 år.

Nu kan jag ta alla beslut själv. Det går snabbt och är rationellt. Men förbannat mycket tråkigare.
Tomt, fattigt, friktionslöst, sorgligt, ensamt.
Jag lyssnar inte ens på musik när jag packar.
Det är bara tyst. Det är som om jag inte vill störa tystnaden. Det är som om ensamheten i tystnaden får en resonans i mig som skulle störas om jag lyssnade på pratradio eller musik.
Det sorgliga är naturligtvis varför jag gör det själv.
Jag har ju inte valt dessa "fördelar" själv. Dom har tvingats på mig.
Några val har det inte varit frågan om – överhuvudtaget.

Cancer och död ger inga valmöjligheter.

Jag tror det handlar om att jag måste öppna mig för andra möjligheter. Att hitta andra lösningar. Andra förhållningssätt. Min nya tillvaro innebär andra förutsättningar och villkor. Fördelar känns i det här sammanhanget som fel ord. Och att, som många självhjälpstips, se hinder och problem som möjligheter är minst sagt provocerande.
Men för mig handlar det om, vare sig jag vill eller inte, en ny start. En ny fas. En verklig förändring. Ingen justering. Make over. Inte ytlig utan en djupgående förändring. Oåterkallelig och fullkomligt ofrivillig.
Ett av dödens framtvingat paradigmskifte.
I en sådan fundamentalt känslomässig förändring, förflyttning, finns som jag ser det två riktningar:
Gå under eller gå vidare.
På vilka sätt och i vilken takt kan vara väldigt olika.
Men kan man verkligen välja riktning? Möjligtvis.
Men då måste man ha förutsättningarna. Ingen väljer medvetet att gå under

Det handlar om att se, söka, lyssna, känna, förstå och förflytta sig mellan olika perspektiv.
Det finns en paradox i detta. För det gäller att jag har förmågan, orken att se bortom det närvarande och omedelbara nuet som är så fyllt av smärta och förtvivlan.

I detta bortom finns även det okända, det obekanta. Och inte bara det, där finns även närmandet, förflyttningen mot min egen död. Det är alltså där jag ska försöka hitta tröst och tillförsikt.

Det kanske är där någonstans som jag kan se den där fördelen blänka till lite hastigt mitt i allt mörker. Vilket då förmodligen också innebär att jag är öppen, mottaglig för att se den. Jag måste om och om igen upprepa fråga till mig själv: Vad behöver jag? Inte vad vill jag? Det handlar om behov. Önskningar kan jag också ha men det är mina behov jag måste förstå och formulera. Min tillvaro måste i möjligaste mån synkroniseras med mina behov. Vad är bra för mig nu, på kort sikt och i ett längre perspektiv? Det kan ju i många fall kännas som en omöjlighet, men jag är tvungen att sträva mot att skapa förutsättningar för att tillgodose mina behov. Om jag inte gör det, ger vika, inte tar mig tid att förstå och formulera mina behov så ökar riskerna att, kanske inte gå under, men tappa livsmotivation.

Jag tror att dessa förutsättningar, gynnsamma eller ogynnsamma, är uppbyggda till en sammansatt väv som består av mänger med trådar som vi bara till en bråkdel kan förstå betydelsen av. Och där hållfastigheten i vävens olika delar varierar högst avsevärt. Likaså skiftar var påfrestningarna är och i vilken grad. Vissa delar av väven kan vara svag sedan tidigare och kanske dessutom ofta utsatts för känslomässiga belastningar. Att ha självkännedom innebär att ha vissa kunskaper om hur denna komplexa väv är konstruerad och en grundförståelse för hur den fungerar, inte minst under påfrestningar. Det kanske inte är en lysande liknelse, men jag tycker det är svårt att sätta ord på vad det innebär att vara i en process, en rörelse, förflyttning driven av sorg och orsakad av död.

Mitt behov är att förstå mig själv, mina känslor, mina reaktioner, val, mina förhållningssätt till olika situationer och faser. Min enda chans till det är att på olika sätt och med olika metoder formulera fram en medvetenhet.

Kanske kartan är en bättre liknelse än väven? En visserligen sliten och välanvänd metafor men kanske inte oanvändbar? En karta, kartbild, kan ge mig en föreställning om var jag är i tillvaron.

Kartan är ett ramverk som anger vissa hållpunkter, ger upplysningar och kan definiera var jag befinner mig i landskapet.

För att klara mig måste jag ha tillgång till, inte bara en, utan flera kartbilder i olika skalor.

För att kunna orientera mig på bästa sätt måste jag skifta skalor efter behov. Zooma in och zooma ut. Detaljrikedom och överblickbarhet. Del och helhet. Tajmingen i växlingarna kan vara avgörande för orienteringsförmågan.

I min sorgeprocess måste jag inte bara förflytta mig i rum och tid, i min tillvaro, i det landskap jag befinner mig i just nu. Jag måste också förflytta skalan, perspektivet på mig själv och min position, i min rörelse. Ju större kännedom jag har om både landskapet och mig själv, hur jag fungerar och reagerar, kan kontrollera och styra dom olika riktningarna jag måste röra mig i både fysiskt, mentalt och känslomässigt, desto bättre förutsättningar har jag att påverka bearbetningen av min sorg.

För har jag ingen plan, ingen strategi för hur jag ska förflytta mig, går jag med största sannolikhet vilse. Men hur kan jag veta var, när, hur och varför jag ska förflytta mig? Till att börja med måste jag ha klart för mig tre tidsperspektiv.

Nutiden samt en kort och en längre tidshorisont. Sedan är jag tvungen att ta hänsyn till allt som verkligen måste genomföras. Utöver det ska jag lyssna in mina behov.

Allt detta är en föränderlig process.

Och döden ändrade allt.

Från det ögonblicket uppstod ett antal givna stationer jag var tvungen att röra mig mot. Inga val fanns.

Begravningen, minnesstunden, förlängning av min sjukskrivning, bouppteckningen och mycket annat praktiskt. Mina behov rörde sig i första hand om att bearbeta min sorg och på olika sätt anpassa mig till den nya situationen, en tillvaro som änkling, änkeman. Min strategi blev att göra ett antal grova planer. Vissa med tydliga mål. Andra med mer otydliga mål. En del av dessa mål kunde jag sätta själv medan andra mål var utanför min kontroll och som jag var tvungen att acceptera. Jag måste hela tiden göra avvägningar och bedömningar om vad som var praktiskt bäst och mentalt mest uthärdligt. Att försöka förutse mina framtida känslomässiga reaktioner på olika tänkbara scenarier blev viktigt, men också svårt.

I början upplevde jag att jag sökte mig fram, växlade mellan kalkyl och intuition. Det handlade också om min förmåga att faktiskt fatta, våga ta, beslut och sedan lita på och följa dom. Jag försökte så långt som möjligt inte hamna i situationer där jag tvekade av rädsla för att fastna där och inte komma vidare. Ett exempel var att jag beslutade mig för att göra bouppteckningen själv. När jag fann att det inte var helt enkelt hade jag mycket väl kunnat be någon med vana göra den, men jag höll fast vid mitt beslut. För mig var det bra. Det fanns en oro för att det skulle kunna bli ett mönster där jag inte genomförde mina egna beslut och började alltmer skjuta upp saker jag förutsatt mig att genomföra. Att så snabbt som möjligt fatta beslut och sedan få dom genomförda blev en viktig princip och gav samtidigt en struktur att hålla mig till när tillvaron gungade. Ett annat beslut jag fattade ganska tidigt var att jag skulle börja jobba redan till terminsstarten. Efter bara två månader. Men halvtid.

Om jag dröjde för länge med att komma igång var jag orolig för att det skulle bli svårare, att motståndet skulle bli större.

Det var en blandning mellan ett kalkylerat övervägande och en intuitiv känsla.

Ytterligare ett beslut jag tog tidigt var att jag inte tänkte flytta inom det närmaste året. Det skulle bli en alldeles för stor påfrestning.

Genom att fatta dessa och många andra beslut fick jag en stadga som gjorde att jag kunde få tid att känna efter, lyssna på mina behov.

Hade jag haft ett yttre kaos skulle den tiden inte funnits på samma sätt.

Besluten blev viktiga stationer på den karta jag nu försökte förstå och orientera mig efter.

Det bidrog också till att jag inte tappade bort mig.

Nu är det en vecka kvar innan jag flyttar.

Men vad är det egentligen jag försöker berätta?

Varför skriver jag om det här?

Vem bryr sig om en människa som ska flytta? Människor flyttar under betydligt svårare omständigheter än vad jag gör. Människans förflyttningar från en plats till en annan plats är något universellt, ursprungligt och existentiellt. Drivkrafterna har väl alltid varit att få det bättre eller undvika att få det sämre. Man kan flytta *till* något av, förhoppningsvis, fri vilja eller flytta *från* något, i värsta fall, av nödtvång. Jag flyttar inte av nödtvång men heller inte av fri vilja. Det är omständigheterna som får mig att flytta och jag har accepterat dom omständigheterna. Jag ska nu bygga upp något nytt på resterna av något gammalt. Rummen jag nu snart ska lämna är så fylld av minnen och genom lägenhetens själva gestalt blir dessa minnen så påtagliga. Minnen som är tydligt kopplade till dom konkreta och verkliga rummen. Den fysiska miljö där alla minnen har utspelat sig ger en helt annan och starkare minnesupplevelse än om och när jag befinner mig på en annan plats. När jag har flyttat kommer aldrig mera mina minnen att få stöd av den rumsliga kontexten. I och med det kommer mina minnen att bli svagare och fattigare. En viktig dimension kommer för alltid att saknas. Dom ljusaste minnena ligger längre bort i tiden. När barnen föddes, lärde sig gå och prata. Stora livliga barnkalas. Fredagsmiddagar. Fester. Lek. Pianot som länge fungerade mer som innebandymål än som instrument. Dom mörkaste och mest smärtsamma minnena ligger närmare i tiden. Dom sista månadernas helvete är svårast att bli påmind om. Det rum hon dog i, det som var vårt sovrum, är nu fyllt av flyttkartonger och annat bråte. I det rummet har jag vistats mycket lite.

För ett par dagar sedan hjälpte jag Oskar att flytta upp sina grejer till Stockholm.
Nu bor båda sönerna där. Jag har uppmuntrat dom till att röra på sig.
Förflytta sig och pröva något nytt.

Så nu är allt annorlunda.
Jag är på väg in i en annan ensamhet.
Inte ny, men en annan sorts ensamhet.
Och till en plats jag inte har en aning om vilka minnen som kommer att skapas där.

I ungefär 21,600 dagar fick Erika leva.
Drygt 11,000 av dessa fick vi två tillsammans.
Det känns märkligt, rent av absurt, att sätta vissa siffror
på ett liv.
Antal år är naturligt, men att räkna ut antalet dagar är
något annat.
Det går att ge vissa upplysningar om en människa genom
siffror men inte beskriva ett liv.
Siffror kan tala om hur gammal jag är, hur mycket jag
väger och hur lång jag är, hur mitt blodtryck och mina ko-
lesterolvärden är, vad jag tjänar, hur stora utgifter jag har
och liknande.
Men några siffror kan aldrig tala om hur jag mår, känner,
tycker, tänker och vad som är vackert, skönt, fult och obe-
hagligt.
Sorgen är sifferlös.

När jag skriver att vi fick 11,000 dagar tillsammans så ger
det mig ytterligare ett perspektiv som visar på ett menings-
fullt innehåll av liv, upplevelser, händelser, minnen,
glädje, hopp men också sorg, och förtvivlan.
Siffrorna, antalet dagar, ger en kronologi.
På ett sätt så självklar där ena dagen läggs till den andra.
Så följer den kronologiska ordningen fram till den sista och
avslutande dagen.
Kronologins upphörande. Det är där vi kan sätta ett streck
och summera dagarna.
Så som jag har gjort.
Dagarna vi fick tillsammans.
Jag kan finna en viss tröst i denna summa.
11,000 är många dagar.
Vi valde också att göra mycket saker tillsammans.
Vi delade mycket i vår tillvaro, men gjorde också saker var
och en för sig.
Vi levde inte bredvid, på sidan av varandra utan engage-
rade oss djupt i varandras liv.
Hur mycket än vi ville, önskade och hoppades så fick vi
dessa dagar.

Inte fler. Jo, jag är tacksam över att ha fått dela livet och skapat två liv under com 11,000 dagar vi fick tillsammans. Jag borde till och med känna mig lycklig, vilket jag också kan göra i vissa korta stunder.

Men saknaden är ännu stark och djup.

Ju närmare flyttdagen jag kom, desto snabbare och effektivare jobbade jag.

Uthålligheten blev bättre och vissa dagar höll jag på i över 12 timmar med bara kortare matraster.

När det så var dags att köra grejerna, söndagen den 6 augusti, så var allt välpackat och uppmärkt vart det skulle. Jag hämtade flyttbilen klockan 11 och lämnade tillbaka den redan klockan 13.30.

Vi var 10 personer så det gick väldigt smidigt. Efteråt beställde jag pizza. Öl och vin stod i kylen.

Det var trångt, rörigt, trevligt och hjärtligt.

Så var det äntligen gjort.

På kvällen hade jag migränkänningar, var trött, speedad och kände jobbångest.

Nu var frågan hur första natten i den nya lägenheten skulle bli.

Av någon anledning hade jag en föreställning om att den skulle vara viktig, till och med lite avgörande. För om jag sov bra första natten, och hade en bra känsla när jag vaknade på morgonen, så skulle jag komma att trivas i lägenheten. Och så blev det!

Jag tog en flyttledig dag på måndagen och lyckades få ordning på det mesta så att det skulle kunna fungera. Det som tog längst tid var att packa upp alla köksgrejer och böckerna.

Kvar i gamla lägenheten stod en hel del som skulle hämtas av St. Erikshjälpen.

Det tog mycket längre tid att avsluta där än jag hade räknat med. Det sista jag gjorde var att tvätta alla fönster.

När allt var klart och ingenting var kvar så gick jag runt och fotade den tomma lägenheten.

Jag vet inte riktigt varför jag gjorde det.

Det blev jobbigt. Det kändes liksom på djupet i kroppen på något märkligt sätt.

Det blev en fysisk reaktion.

Jag visste att när jag låste dörren efter mig stängde jag en episod i mitt liv som varade nästan i exakt 32 år. Nu var den över för alltid.

Även om processen med flytten pågått mentalt från i början av året och praktiskt sedan i maj så var den där gränsen, det där tydliga, symboliska i att stänga och låsa, omvälvande.

Att praktiskt, mentalt och känslomässigt röra mig mellan dessa två platser var en sak, en mellanfas, där jag har haft "tillgång" till båda platserna.

När jag hade låst dörren hade jag bara en plats.

Den gamla lägenheten skulle hädanefter bara finnas kvar på bilder och i minnet.

Det var vemodigt men också befriande.

Äntligen kunde jag släppa och på allvar börja en ny fas i mitt liv.

Mitt arbete tog stora delar av min tid ända fram till slutet av december. Jag hade bland annat ansvar för en helt omgjord kurs, med flera nya föreläsningar som jag la ner mycket tid på att förbereda. Jag var dessutom studierektor. Utöver det skrev jag tre utställningsrecensioner, vilket också tog en del tid och energi. Förutom jobbet var det några händelser som kom att betyda mycket, särskilt en.

Oskar och hans sambo Matilda hade åkt till Frankrike i början av september för att bo där hela terminen. Dom ville komma iväg och samtidigt plugga på distans. Dom hittade ett hus att hyra i en by några mil utanför Narbonne. Dom fann sig snabbt till rätta och trivdes bra där.

Innan dom ens hade planerat resan hade Oskar köpt konsertbiljetter till oss. En födelsedagspresent till mig, eller oss, eftersom vi fyller år på samma dag. Och konserten var även just den dagen vi fyllde. Så, det var därför han nu var hemma i Sverige några dagar.

Ur min dagbok
4 november lördag, kl. 18.40. Oskar kom i tisdags och det blev väldigt omtumlande. För när jag stod och lagade middag till oss berättade han att Matilda var med barn. Jag blev så rörd att jag började gråta. Det var kanske inte en total överraskning, men det blev ändå så laddat. Det var så många känslor som for genom huvudet och kroppen. Och jag tänkte framför allt på Erika. Glädjen, men också sorgen över att hon inte finns med. Det bara knyter sig i magen och tårarna faller nu när jag skriver det här. Det var också hennes stora sorg – att aldrig få möjligheten att uppleva några barnbarn. Det är bara för jävligt. Jag hade så innerligt velat dela det Oskar kom och berättade med henne. Jag blev naturligtvis oerhört glad, men det blottar också tomrummet efter Erika så tydligt. Ensamheten blir så uppenbart påtaglig. Saknaden så belyst. Jag är dessutom den första som får veta.

Några veckor senare var jag nere och hälsade på dom i några dagar. Det var första gången jag flög på egen hand efter att Erika dog. Jag åkte från Linköping, mellanlandade i Amsterdam och vidare ner till Toulouse. Resan gick bra. Men det är trist att resa själv. Vi hyrde bil och åkte på utflykter.

En kväll var vi i Narbonne och åt på en gigantisk buffétrestaurang – Le Grande Buffé – med ett överdåd av mat jag aldrig varit med om. Frosseriet manifesterat! För 32 Euro fick man äta hur mycket man ville. Inte alls dyr med andra ord. Vi hade beställt bord och det var fullbokat. Gästerna tillhörde inte överklassen. Det kändes snarare som en "finrestaurang" med vita dukar för arbetarklassen, eller "vanligt" folk, hur man nu kan definiera det? Det var i alla fall min lite förhastade och ogrundade bedömning.

Jag är ingen buffémänniska och kan bli mätt bara jag ser all upplagd mat. Kött fanns det mest av i alla dess former. Men också mycket skaldjur. Jag åt ostron för första gången i mitt liv – ingen sensation. Det fanns inte mindre än 50 sorters ost! Och säker lika många desserter. Det var ett intressant ställe på flera sätt. Lite som ett tivoli.

En av dagarna jag var där var det precis två år sedan Erika dog. Vi åkte till havet. Det var blå himmel. Vi hade tänkt tända ett ljus men det blåste halv storm.
Så vi gick runt där en stund i tystnad.
Det kändes bra att inte vara själv den dagen.
Morgonen därpå var det dags att resa hem igen.

Tidigare under hösten, på kulturnatten, ett årligt återkommande evenemang, gjorde jag ett litet framträdande. En kollega som startat och driver Museet för glömska frågade mig om jag ville läsa någon text från den öppna scenen som dom skulle ha under kvällen. Mitt spontana svar blev – javisst, utan att tänka på att det tar tid att få ihop en text, även om den bara tar ett par minuter att läsa upp. Jag har stått på scenen många kulturnätter under alla år jag spelade i band. Den goda idén med kulturnatten är att det främst ska vara lokala förmågor som ska lyftas fram och visa upp sig. Temat denna kväll var: Döda pixlar och deras tanke, som jag uppfattade det, var att pröva bildens roll, betydelse och värde i en tid då vi står i en störtflod av bilder. Min utgångspunkt var hur vi skapar våra inre bilder och tänkte på vilka mentala bilder Donald Trump skapade och förmedlade både i sin valkampanj och som vald president. Och vilken stor betydelse dessa hade. Vilken makt det kan ligga i den föreställda bilden. Detta var vad jag läste den kvällen:

<u>Som små klossar</u>

Vet ni vad jag har i min hand? Jag har en massa pixlar. Pixlar som går att sätta ihop. Jag kan konstruera en bild med pixlarna som jag har här i min hand. Det kan bli en ljus och fin bild. Eller en mörk och dyster. Det kan bli en vacker och harmonisk bild. Eller en grå och ful bild. Men det kan också bli en glad och rolig bild. Eller en väldigt sorglig bild. Full av djup saknad. Jag skulle kunna göra en rak och entydig bild med ett budskap om den enda rätta sanningen. Eller så kan jag sätta ihop en komplex och mångtydig bild öppen för reflektion och eftertanke. Jag kan välja att skapa en varm, mjuk, inbjudande, tolerant och kärleksfull bild. Eller en kall, hård, motbjudande, intolerant och hatfull bild.

Med dom här speciella pixlarna kan jag bygga upp i stort sätt vilken bild jag vill.

Jag kan försöka att få fram en så verklig och rättvisande bild som möjligt.

Eller en helt igenom manipulerad och falsk bild.

Jag kan bestämma om jag vill skapa bilden själv, helt på mitt eget sätt. Eller göra det tillsammans med andra. Med er. Nu. Eller kanske rån annan gång.

Pixlarna här i handen kanske är döda? Jag kanske bara kan använda dom till att göra en dystopisk skräckbild? Eller så är pixlarna levande och vitala och kan göras till en hoppfull förebild.

Men. Är det verkligen pixlarna som skapar min bild? Eller är det något annat?

Är det inte mina föreställningar som framkallar bilden? Det är väl min föreställningsförmåga, min vilja och mina grundläggande värderingar som formar bilden? Den bild jag önskar eller fruktar att få se.

Det är mina tankar, idéer, förhoppningar och förväntningar som konstruerar bilden.

Och då tänker ni säkert – om det ändå vore så enkelt! Vilket det naturligtvis inte är.

Men jag tänker: om inte jag försöker förställa mig hur jag vill att den här bilden ska se ut, vad den ska innehålla och hur den ska gestaltas. Lämnar jag då inte över det till någon annan?

Vilket ju är fullt möjligt. Jag kan ju till exempel outsourca mina pixlar och låta några riskkapitalister förvalta och öka det ekonomiska värdet på mina pixlar.

Eller så kan jag ju överlämna pixlarna till nån handlingskraftig och karismatisk ledare som jag tror på. Eller för att jag inte orkar bry mig. En ledare som säger sig kunna skilja på rätt och fel, bra och dåligt, gott och ont. Och så låter jag den få forma bilden efter sina ideologiska idéer och övertygelser.

Vilket leder mig, avslutningsvis, in på en avgörande fråga;

Vad, vem, vilka som har makten över mina föreställningar?

Så hamnade jag till slut där. I maktkampen. Kampen om

makten över våra föreställningar om hur den här bilden ska utformas. Bilden av vår gemensamma framtid. För - framtiden kan vi bara göra oss en föreställning av. Genom språk. Retorik som består av ord. Bilder som består av – just det – pixlar! Framtiden är föreställningsvärldar som byggs upp av och med ord och bild. Bokstäver och pixlar. Som små klossar att bygga stora världar med. Jag tänker på den föreställda bilden av en mur som ska byggas mot ett grannland. Och på en textrad som uttrycker ett vagt löfte och en uppmaning om att göra sitt land stort igen!

Många av dom som stödde Trumps förslag att bygga muren menade: "Släpp inte in fler konkurrenter till dom uselt betalda skitjobben vi redan slåss om"

Under hösten bestämde jag mig till slut. Efter viss tvekan. Jag lämnade in min tjänstledighetsansökan. Och fick den utan problem beviljad.

När det stod klart för mig insåg jag vilka stora förändringar jag hade genomgått och som låg framför mig.

Jag hade rensat ur och flyttat från en bostad som varit mitt rumsliga centrum i över tre decennier, sålt vårt landställe vi köpte när barnen var små.

Nu bodde båda sönerna i Stockholm, en tillfälligtvis i Frankrike och nu skulle jag vara 100% arbetsbefriad hela det kommande året.

Julen närmade sig och frågan var hur vi skulle göra detta år. Den tredje utan Erika.

Matilda ville vara kvar i Frankrike. Alvin skulle troligtvis jobba mycket under julhelgen.

Det gjorde att vi bestämde att jag skulle fira jul i Frankrike.

Det var ett bra beslut även om jag inte direkt såg fram emot själva resan. Först till Linköping, därifrån till Schibsted, där byte till nytt plan till Toulouse och sedan två timmars bilresa för att fem dagar senare ta samma rutt tillbaka.

Och jag började känna mig lite sliten och trött efter en intensiv termin och allt i övrigt som hänt.

Det som höll mig på banan var den hägrande ledigheten.

Den känslan gav mig den energi jag behövde för att ta mig ända fram till jul.

Jag hade alltså tagit helt tjänstledigt under ett års tid. Av följande orsaker:

- För att min fru Erika dog den 19 november 2015. Fem år efter att vi fick cancerdiagnosen. 30 år efter att vi träffades.
- För att bearbeta min sorg och saknad efter henne.
- För att jag hade ett starkt behov av att tänka på mig själv.
- För att jag hade fått en efterlevandepension under fem år som täckte mina basutgifter.
- För att jag hade sålt sommarhuset och betalat av alla lån.
- För att jag hade flyttat till ett betydligt billigare boende.
- För att jag inom mig bar på dolda minnen, upplevelser, erfarenheter och drömmar som jag ville ta fram, undersöka och gestalta och på så sätt upptäcka andra sidor av mig själv som jag var medveten om fanns men inte haft tillgång till för att jag alltid varit upptagen med annat. Exempelvis mitt arbete.
- För att jag länge velat slippa krav och plikter från andra och som jag uträttar för andra.
- För att få tid att läsa.
- För att få tid att tänka.
- För att hinna med att känna.
- För att få tid att "leka".
- För att jag i grunden är arbetskritiker och tycker att idén med att alla ska arbeta 8 timmar om dagen 5 dagar i veckan i grunden är ohälsosam, plikt- och moralstyrd och handlar om kontroll och disciplin av medborgare. Stigmatiseringen av dom som inte av olika anledningar har ett arbete vilar på den gamla vidriga uppfattningen om att; den som inte arbetar ska heller inte äta. Jag ifrågasätter den förhärskande arbetsnormen! Inte själva arbetet i sig, med vissa undantag.
- För att, sist men inte minst, få tid till att skriva.

Jag hade inga krav på mig att prestera någonting under det här året.
Ingen begärde att jag skulle producera i något.
Det var alltså bara jag som bestämde om och vad jag ville prestera.
Kanske skulle jag börja göra musik igen? Bli bättre på att redigera bilder, film och ljud?
Eller inte. Egentligen skit samma.

Men det var inte helt utan oro jag fattade mitt beslut om att vara ledig, ett helt år.
Det innebar ju också att jag inte heller skulle vara behövd eller efterfrågad.
Jag kanske varken skulle orka eller ha lust till att skriva och läsa som jag så länge sett fram emot?
Skulle jag inte sakna mina kollegor och studenterna? Både ja och nej.

Det fanns under slutet av terminen en ovisshet, om än inte så stor, över om jag hade fattat rätt beslut. Länge gick jag och funderade på om jag skulle jobba lite, kanske 20%, en dag i veckan.
Även efter att jag hade lämnat in och fått min tjänstledighet beviljad så dröjde sig oron kvar.
Ända tills det sista personalmötet som ägde rum i mitten av december.
När det mötet var över var även mig tvekan över.
Det hela rörde sig om sättet att räkna ut saker och ting på.
Principen. Tillämpandet av en bestämd ordning. I det här fallet handlade det om avdelningens budget.
Till mötet var institutionens ekonom kallad för att redogöra för det underskott avdelningen hade.
Cirka två veckor innan mötet hade vi fått information om att underskottet var 250,000: -.
En blygsam och hanterbar summa, nästan inom felmarginalen. Vi hade gått igenom en svår period. Avdelningen hade sagt upp två fast anställda och inte förlängt kontrakten med ett antal extraanställda.

Nu såg budgeten ut att vara på god väg mot balans. Men en knapp vecka innan mötet kom ny information om att underskottet inte bara var 250,000: - utan 1,7 miljoner! Denna siffra sände en rysning genom personalgruppen och en oro över att kanske tvingas gå igenom ännu en uppsägningsprocess. Vilka skulle då stå på tur att bli uppsagda? Och hur kunde då detta komma sig? Ekonomen förklarade på mötet följande: 250,000: - var det verkliga underskottet för år 2018, men det ekonomiska systemet universitetet tillämpar hade en eftersläpning på två år. Dom, som bestämde alltså, utgick således från 2016 års budget när dom räknade fram beslutsunderlaget och då blev summan 1,7 miljoner.

I verkligheten var avdelningens underskott 250,000: - och i det ekonomiska systemet var avdelningens underskott 1,7 miljoner! Och det var denna summa som gällde och som vi hade att rätta oss efter.

Vilket skulle betyda besparingar.

När jag ställde frågan om inte dom som ansvarade för det ekonomiska systemet kunde göra ett undantag och låta dom verkliga siffrorna gälla. Vår ekonom svarar då:

"Jag har redan ställt den frågan och fått svaret att dom inte kan göra det, för då måste dom göra det för alla andra också."

Efter det svaret fanns liksom inget mer att säga.

Jag kanske inte där och då var helt förvånad, eftersom jag kände till ekonomismens allt starkare inflytande, utan mer uppgiven. Denna uträkning - i dess dubbla betydelse, dessa siffror, blev för mig en sinnebild av det förödande paret - makt och dumhet.

Det var ett systemfel som inte bara fanns på den lilla avdelning jag råkar vara anställd på utan i hela samhället.

Det är systemkonstruktionerna och drivkrafterna bakom dessa som måste ifrågasättas i betydligt större utsträckning.

Jag har en känsla av att alla vi som arbetar nära studenter, elever, patienter, klienter är kidnappade av systemarkitekterna och deras uppgifter att göra allt kontrollerbart och mätbart. Ofta även säljbart.

Förr eller senare kommer det att braka ihop av sin egen tyngd och orimlighet.

Tyvärr måste det nog gå så långt.

Det kan verka dystert, men exemplen är för många för att tro något annat.

Hur som helst. Det som hände där och då stängde dörren helt till den där tvekan jag hade känt.

Jag var frustrerad och förbannad, men kände mig också befriad efter det där mötet.

Jag behövde inte bry mig och kunde heller ingenting göra.

Några veckor in i min ledighet kom ett bakslag. En natt hade jag fruktansvärda drömmar. Jag brukar inte ha mardrömmar. Dom här drömmarna var det värsta jag upplevt på mycket länge. Det var lik, halvbegravda döda kroppar, jord, mörker. Nakna och skitiga människor som vadade i svart oljigt vatten. Pistoler riktade mot huvuden. Avrättningar. När jag vaknade hade jag tandvärk. Jag hade legat och bitit ihop tänderna.

Jag ringde tandläkaren och fick en akut tid kl.13.40. Antingen en inflammation i tandköttet eller, i värsta fall, har tanden, roten eller vad det nu var han sa, spruckit. Då var det bara att dra ut. Han bedövade lätt och spolade rent. Vi skulle avvakta och se om det blev bättre, annars fick jag återkomma var budskapet. Väl hemma. Tvättid kl.16-21. Fyllde tre maskiner. När jag kom upp i lägenheten såg jag att kinden var svullen. Ringde, igen. Fick en ny tid kl.17.15. Tacksam över att Folktandvården fanns. Ett vårdsystem som för mig i alla fall tycks fungera.

Ny tandläkare. Ung, trevlig och tydlig. Tanden hade en krona som han först var tvungen ta bort för att kunna se om det är en fraktur eller bara en inflammation. Full bedövning. Krona bort. Varbildning. Fraktur. Helvete. Bara att dra ut. Antingen där och då eller om jag kom tillbaka nästa dag. Jag svarade – nu!

Fem kvart senare gick jag med lätt yrsel därifrån utan tand, med två stygn och en bomullstuss att bita på för att stoppa blödningen.

Jag tog mig hem. Ner i tvättstuga. Handdukarna i torktumlaren. Resten i torkrummet.

Munnen var svullen, bedövad och full av blod och saliv. Jag hade inte ätit eller druckit sedan kl.12 och kunde inte göra det förrän bedövningen hade släppt.

Vid 22.30-tiden var tvätten klar och jag kunde äntligen göra mig något att äta.

Att tugga kändes helt fel. Så jag mosade banan, kiwi, krossade knäckebröd i en mortel tillsammans med valnötter och hällde sedan på yoghurt. Och te. Suck!

Efter fyra dygn tcg jag fortfarande värktabletter.
En annan sak att vara tacksam över - piller som sparar
många människor mycket lidande.

Jag levde liksom i en bredvidvärld. I en tillvaro på sidan av det som pågick runt omkring mig.

Jag började känna mig allt mer som en betraktare.

När jag tog del av nyhetsflödet så var det som om jag hade flyttat upp och bort en bit på läktaren. Avståndet hade liksom ökat. Perspektivet hade breddats.

Jag såg på händelser på ett annat sätt än jag tidigare hade gjort. Som jag inte hade haft tid till, inte ork för. Mina möjligheter att zooma in på detaljer hade också ökat.

Jag hade fått andra förutsättningar att undersöka fenomen och företeelser.

Begrunda, förfasas och förundras.

Jag följde den största rättegången i svensk rättshistoria. Åtalet mot den terroristanklagade Rakhmat Akirov.

Han anklagades för att ha kört en lastbil i hög fart längs Drottninggatan i Stockholm den 7 april 2017. Fem människor miste sina liv. Flera skadades svårt och många utsattes för livsfara.

Han hade erkänt. Hans avsikt hade varit att själv dö.

Hans brott var vidrigt och hans handling var fruktansvärd.

Medierna var fyllda av detaljerade rapporter, kommentarer och analyser.

Dom anhöriga och drabbade ville ha svar på frågan: Hur kunde han? Och varför?

Tyvärr tror jag inte vi kommer att få dom svar vi önskar oss så länge vi inte placerar frågorna i en större och historisk kontext.

Vi måste också kunna svara på varför "vi", sett ur ett västerländskt perspektiv, begår terrorhandlingar i "deras" länder. Långt mer avskyvärda med många, många fler oskyldiga dödsoffer som följd.

Offer och förövare – orsaker och verkan.

Roten till det onda lär inte diskuteras i den här rättegången tror jag.

Det vi möjligtvis kunde få var snarare en känning av rottrådarna från det onda. Tillräckligt skrämmande.

En annan nyhet vid denna tid var ännu en skolskjutning i USA. På Valentines dag! Minst 17 dödade av en 19-årig före detta elev på skolan.
Tidningarna skrev att han var en enstöring och vapenfixerad. Eller "galen i vapen" som en rubrik löd.
Enligt beräkningar kommer 13,000 personer i USA att dödas av en annan person med pistol eller automatvapen under ett år.
Varje månad skjuts 50 kvinnor ihjäl av sina partners.
Rubriken på en annan artikel var: "Efter skotten i Florida – kvar står en nation som saknar svar".
Förvåningen verkar vara lika stor varje gång en masskjutning äger rum, vilket inte sker så sällan.
Jag tycker det verkar vara ganska många i det där konstiga, fascinerande och våldsfokuserade landet som är vapenfixerade och rent av galna i vapen.
Som jag ser det finns det väl en hel del svar, eller i alla fall rimliga förklaringar, varför det ser ut som det gör. Tillitsbrist, stor misstänksamhet mot stat och myndigheter, rädsla, stark tro på individuella istället för kollektiva lösningar. Och sist med inte minst det kompakta motståndet att begränsa rätten att köpa och bära vapen.
Ett motstånd som leds av en av dom starkaste och mest inflytelserika lobbyorganisationerna i landet, NRA, National Rifle Association.
Enligt deras syn så är det inte färre vapen som löser problemet med massdödandet utan ännu fler.
En obegriplighet! Det handlade om en våldskultur som få andra länder på jorden kan mäta sig med.
Det är ju inte bara inom landets gränser som man dödar människor.
Även utanför landets gränser har det länge pågått ett storskaligt och systematiskt dödande, ofta urskillningslöst.
Jag undrade om det fanns statistik på hur många Hollywoodproducerade långfilmer som inte innehåller något mord eller har med några vapen?
Jag har svårt för att se vuxna män, och kvinnor med för den delen, springa omkring i en film och vifta med ett

vapen i handen. Jag har helt enkelt lite svårt att underhållas av grovt våld.

Jag är kanske lite udda i min uppfattning. Men jag tänker på det enorma utbud av filmer och teveserier där våld skildras i underhållningssyfte, och naturligtvis också för att det är ekonomiskt lönsamt. Vapenindustrin är lönsam. Det är många mäktiga krafter som samspelar kring det dödliga våldet både i fiktion och verklighet.

Jag läste för en tid sedan att alla USA:s militära grenar har kontor i Hollywood och samarbetar gärna i filmproduktioner under förutsättningar att dom skildras positivt och har funktionen att rädda nationen från yttre hot och faror.

En annan historia som upptog mina tankar var Uppdrag gransknings program om Knutbyförsamlingen.

Denna gång inte om Helge Fossmo, den så kallade barnflickan och mordet på Fossmos fru Alexandra Fossmo 2004. Det handlade om Åsa Waldau som var utsedd att bli Krist brud och dessutom storasyster till Alexandra. Det som tilldrog sig mitt intresse var hur människor använde religionen som ett verktyg för att utöva makt och tillfredsställa sina lustar och begär.

Gudstro som en utmärkt metod att skrämma och hota människor med.

I programmet trädde många vittnen fram och berättade att Åsa Waldau hade en unik maktposition i församlingen som hon utnyttjade fullständigt hänsynslöst.

Självklart uppbackad av en inre krets av församlingen där beroende och medberoende utvecklades i en ond cirkel.

Fram kom en obehaglig bild av olika typer av bestraffningar med psykiskt och fysiskt våld och förtryck. Inslagen av sexuellt utnyttjande var markant.

Från bilden av en församling präglad av kärlek och varm gemenskap till ett skräckvälde.

Allt i Guds namn! Här fanns alla dom parametrar som pekade mot en sekt.

Det skrämmande var att ta del av vittnena, som i övrigt verkade vara högst välfungerande individer, bli så manipulerade till att göra och tro saker som var helt ofattbara.

Dom som utsattes för denna manipulation och detta utnyttjande var inte ekonomiskt och materiellt sätt utblottade och utsatta människor. Snarare tvärt om.

Och det handlade ju inte om några naturvetenskapliga fenomen utan om kognitiva (van)föreställningar. Men religiösa utropstecken! Hjärntvätt.

Upplägget av hela deras konstruerade föreställningsvärld blev en blandning av skräck och fascination.

Hon, pastor Åsa Waldau, hade blivit utsedd, hur och av vem undrar jag, till att bli Krist brud.

Alltså, Jesus skulle återvända till jorden efter att ha varit borta i över tvåtusen år.

Redan här hade det funnits anledning att ställa en del kritiska frågor.

Han skulle komma tillbaka men inte till den plats han en gång, enligt sägnen, var född och verkade. Nej, han skulle komma till en lite ort i Sverige. Knutby!

Exakt hur, på vilket sätt, han skulle anlända vore spännande att få reda på. Tåg? Flyg? Taxi? Åsna? Tänkbar löpsedel: <u>Nu är Jesus äntligen på väg till Åsa på en åsna!</u>

Hur som helst. Väl där skulle han alltså gifta sig med ingen mindre än; Åsa Waldau! Och alla verkade ha varit fullt eniga och övertygade om detta!

Så när den överenskommelsen väl var etablerad och accepterad inom en betydande del av församlingen så var maktbasen därmed byggd.

Därifrån kunde hon sedan driva sitt elaka spel, få sina begär av makt och guldgåvor tillgodosedda och sexuella lustar tillfredsställda.

Hon utsåg unga attraktiva män som gick under den fantastiska benämningen "lyckstolpar" som skulle ha sex med henne i väntan på Jesus.

Att få detta att framstå som en naturlig del i själva storyn var minst sagt imponerande.

Lockande, det går inte att neka till. Listigt uttänkt? Visst! Skamlöst? Ja, så in i helvete!

Det som var så slående med just Knutby var att mekanismerna och beståndsdelarna blev så tydliga och som till slut drogs till sin yttersta kant.

Fenomenen och yttringarna finns överallt i varierande grad. Maktens avarter. Jag-starka mot jag-svaga individer. Maktlösa mot maktfullkomliga. Förövare mot offer. Utnyttjandet av beroenden, brister och osäkerheter.

Varför finns så lite beredskap inför sådana situationer? Varför upprepas dom hela tiden? Varför går det inte att hindra innan det blir för sent? För att ta ett annat av alla otaliga exempel som också varit aktuellt den senaste tiden; hjälporganisationer där hjälparbetare i katastrofområden utnyttjar traumatiserade och nödlidande offer. Det är bland det vidrigaste jag kan tänka mig. Fruktansvärt. Det är människor som åkte runt mellan olika katastrofområden och säger sig vilja hjälpa nödställda. Istället är dom där för att tillfredsställa sina perversa sexuella lustar. Det handlade inte sällan om minderåriga barn som utnyttjas. Avskyvärt.

En annan värld. Och om att ha tillgång till en annan värld. Jag och två nära vänner var på vinprovning. Min andra i livet. Denna gång champagne. Första gången var det Amaroneviner. Det var samma plats och samma kunniga och entusiastiska vinkypare, sommelier, som förra gången. Vi var ett 20-tal personer. Medelålders vit medelklass. Det var städat, artigt och elitistiskt. Jag var nyfiket intresserad. Inbillade jag mig i alla fall. Kände mig inte helt bekväm. Jag var tvungen att hela tiden "säga åt" mina axlar att inte dra sig mot mina öron. Försökte vara avspänd. Ville vara närvarande. Inte ifrågasätta vad jag gjorde där.

Framför oss stod fyra mindre glas fyllda till knappt hälften, en vit pappersservett för att kunna kontrollera färgen på vinet och ett vattenglas. Det var allt.
Han hälsade oss välkomna och pratade säker en halvtimme om historia, tillverkningssätt, druvsorter och olika vinhus innan vi fick börja provsmaka.
Vi började från vänster med det "billigare" och enklare för att sluta med det som hade lagrats längst tid och var dyraste. Det första smakade utmärkt bra ända tills jag hade provat alla och gick tillbaka och smakade det första igen.
Då var det lite smaklöst och blaskigt tunt.
Så, ja visst, det var intressant. Men snobbigt och aningen tillgjort.
Det hade utan tvekan något med klass att göra.
Champagne måste tillhöra en av dom tydligaste klassmarkörerna som finns.
En exklusiv dryck som signalerar klassavstånd.
Och jag tror det var klassresenären i mig som viskade i mitt öra om att det handlade om uppåtsträvande. En falsk strävan efter tillhörighet.
Falsk för att den inte stämmer med min ideologiska kompass.
Sann, om än skenbart, i bemärkelsen att jag satt på en champagneprovning av egen aktiv vilja.

Jag var som tur var gammal nog att kunna leva med denna dubbla eller splittrade realitet.

Jag kunde vara där och tycka det var helt okej och samtidigt tycka att hela grejen var ett världsfrånvänt, självupptaget, borgligt tillgjort spektakel. Det var nog bara att erkänna – jag hade köpt konceptet att champagne var lyx.

Men champagne drack man också för att fira något. Vilket Erika och jag gjorde en period, efter minst sagt väldigt speciella tillfällen, tills den dagen det fick ett brutalt slut.

Efter operationen och den första långa behandlingsperioden åkte vi till Linköping på återkontroller var tredje månad.

Inför varje besök var det provtagningar och röntgenundersökningar.

Resorna dit och tiden i väntrummet innan vi fick komma in till läkaren var enormt påfrestande.

Och så när vi väl kom in till läkarens mottagningsrum steg ångesten ytterligare.

Vad skulle hon ge för besked?

Vad visade proverna?

Vad visade röntgenbilderna?

Hade cancern kommit tillbaka?

Stresspåslagen var tärande.

Varje gång vi lämnade mottagningsrummet med beskedet om att allt såg bra ut så åkte jag vägen förbi Systembolaget och köpte en flaska champagne. Inget ordinärt bubbelvin. Riktig champagne.

Den dagen vi fick beskedet om att cancern hade kommit tillbaka och spridit sig åkte jag inte förbi något Systembolag.

Jag brukar sova ganska bra, men en natt var hemsk. Som om jag druckit fyra koppar espresso innan jag la mig. Klarvaken. Hela kroppen var i uppror. Det var som om någonting cirkulerade runt och ställde till problem. Jag frös som om jag höll på att få feber, men hade 36,6. Jag fick ont och som en klump i halsen och lite svårt att svälja. Sedan började jag få ont i käken! Nedre delen av magen liksom stramade och det var som om tarmarna vred och vände på sig långsamt. Hjärtat började att slå ojämnt. Ibland var det som stickningar, ilningar ner i benen och så den där lätt brännande känslan på låren som jag har haft i över tre veckor. Jag var dessutom tvungen att gå upp och pissa flera gånger. Jag vet inte vad som var vad. Var det en infektion som höll på att bryta ut? Var det en oro, lätt ångest, undermedvetna tankar som flöt upp under natten? Ensamheten? Jag somnade inte förrän framåt femtiden.

Dagen därpå var det som om det sakta lugnade ner sig. Det var som om flera system i kroppen hade kommit i otakt den natten. Obehagligt.

Några dagar innan hade jag fått veta att en nära vän, som jag känt i över 30 år, låg nersövd på intensivvårdsavdelningen.
Han hade fått en svårartad infektion med blodförgiftning och lunginflammation.
Läget var mycket allvarligt men för tillfället stabilt.

Livet är bräckligt. Ömtåligt, skört och ovisst.
Jag misstänkte att detta hade något med min sömnrubbning att göra.
Var det mina hypokondriska drag som hade gjort sig påminda?

En morgon fångade en bild min uppmärksamhet. Det var en bild med statsminister Stefan Löfven som stod vid ett högt runt bord och i bildkanten syntes ett antal mikrofoner. Han gav med andra ord en intervju. Det som fick mig att reagera var budskapen på dom rollupps som stod bakom honom. Antagligen framtagna inför det kommande valet. Där stod i stora röda bokstäver: *ETT BÄTTRE SVERIGE. FÖR ALLA.* Under stod: *Socialdemokraterna. Framtidspartiet.*

Det här politiska budskapet, om man nu kan kalla det för ett sådant, var så reducerat, så förenklat att det inte gick att förstå. Det betydde ingenting. När något har tappat sin betydelse tappar det också lätt sin förståelse. Det hade säkert för avsikt att vara en kraftrörelse framåt, men det saknade både kraft och rörelse. Syftet var nog att man ville vara tydlig, men det blev bara otydligt. Man ville säkert nå alla, men frågan var om det skulle nå fram till någon? Man ville visa sig politiskt offensiv, men det blev politiskt defensivt och meningstomt.
Självklart insåg jag att ett så pass begränsat utrymme också måste innebära ett begränsat uttryck, budskap. För mig innebar *ETT BÄTTRE SVERIGE. FÖR ALLA.* ett tecken på att partiet hade lämnat sin socialistiska värdegrund för att oroligt lägga till i den borgliga mittfåran.
En form av försök till riskminimering. Det kändes bara ängsligt och osjälvständigt.
Ett lamt slag i luften. Och en riktning in i en politisk återvändsgränd!

Tanken med mitt sabbatsår var ju att jag skulle undersöka vad som fanns i mig, i mina minnen och erfarenheter som jag inte tidigare har haft möjligheter att upptäcka då jag varit upptagen av annat.

Jag tänkte att det var ett sätt att lära känna andra delar av mig själv som tidigare varit obekanta eller dolda av olika anledningar.

Språket, det skrivna språket, var då det viktigaste verktyget jag hade i dessa undersökningar. Ensamheten var en av förutsättningarna. Eller snarare avskildheten. Även om det kanske var en form av självterapeutisk verksamhet så var det inte det som var det viktiga. Jag såg det mer som en upptäcktsfärd, en expedition utan några närmare preciserade mål och där resultaten fick bli vad det blev. I bästa fall bidra till insikter som öppnade nya möjligheter, nya vägar och skapade andra perspektiv på mitt liv och min tillvaro.

Blev resultatet noll så var det också okej.

Att stå ut med mig själv i min ensamhet var en utmaning i sig. Jag tillbringade större delen av min tid i min lägenhet. I två rum och en kokvrå utspelade sig merparten av mitt liv.

En relevant fråga var naturligtvis; var det här verkligen meningsfullt?

För det första hade jag valt att göra detta av helt egen vilja.

För det andra var det ingen annan, just då i alla fall, än jag själv som kunde skapa mening innanför mina väggar.

För det tredje skulle jag kunna åberopa Paul Lafargues uppmaning och som är titeln på hans skrift, utkommen 1883: *Rätten till lättja.*

Paul Lafargue föddes 1842 och tog sitt liv 1911. Han var skribent och tillhörde de franska socialisternas marxistiska gren. Han var också gift med Karl Marx dotter Laura.

Det kanske inte är så många som känner till denna skrift men den är väl värd att uppmärksamma.

Så här inleds texten: (i översättning av Göran Bergström och Brutus Östling.)

111

"En ödeläggande dogm
Ett besynnerligt vansinne har drabbat arbetarklassen i de
länder där den kapitalistiska civilisationen härskar. Ett
vansinne som i sitt kölvatten dragit med sig det individuella
och sociala elände, som under de två sista århundradena
hållit på att pina livet ur den dystra mänskligheten. Nämli-
gen: Kärleken till arbete, en dödsmärkt lidelse för arbete dri-
ven till sådana ytterligheter, att den försvagar människans
livskraft och bryter ner hennes avkomma. Istället för att ku-
rera denna sinnesförvirring har präster, ekonomer och mo-
ralister gjort arbetet till något heligt. I sin blindhet har dessa
människor velat göra sig klokare än sin Gud. Svaga och för-
aktliga har de låtit det, som deras Gud har förbannat,
komma till ära och värdighet. Jag som varken påstår mig
vara kristen, ekonom eller moralist, vädjar till dessa männi-
skors och till deras Guds omdömesförmåga och jag ber dem
jämföra sina religiösa, ekonomiska eller fritänkande moral-
skrifter med de fruktansvärda konsekvenserna av arbetet i
det kapitalistiska samhället."

Jag kan inte låta bli att ta ett citat till ur denna lilla skrift:
"Ställd inför arbetarnas dubbla vansinne: att slita ut sig
med överarbete och leva i knapphet, består det största pro-
blemet för den kapitalistiska produktionen inte längre i att
finna producenter och öka deras produktivkrafter, utan i att
finna konsumenter, trissa upp deras aptit och skapa konst-
lade behov."

135 år senare gäller fortfarande det kapitalistiska syste-
mets grundprinciper.

Och så länge så många håller fast vid tanken om att arbe-
tet är livets mening och väljer att ägna större delen av den
vakna tiden till det, så lär det fortsätta.

Jag vet mycket väl att dom flesta arbetar för att klara sin
försörjning.

Lika väl vet jag att vi skulle kunna arbeta mindre om vi
omfördelade vårt överskott på ett rättvisare sätt och mins-
kade vår konsumtion av allt det vi egentligen inte har
några behov av och som definitivt inte gör oss lyckligare.

112

Vid vissa tillfällen blev ensamheten och saknaden särskilt påtaglig. Som när jag kände mig sorgsen och inte längre hade någon att dela min ledsenhet med.

Erika berättade för mig att det finns en slags grundregel som jag tänker på ibland när någon är ledsen: Håll om, håll ut och håll tyst!

Vikten av att bara finnas, vara där och närvarande, ha tålamod och själv inte ta över, prata och komma med råd och förslag på lösningar.

Erika lärde mig att ta människors ledsenhet på allvar och visa respekt för den känslan.

Jag var nämligen uppvuxen, uppfostrad, med något som har varit ett mantra för mig – inte ska du väl gråta!

Varje gång när jag som litet barn kom upp från gården och hade slagit mig, någon hade retat mig eller att det hade hänt något annat som gjort mig ledsen, sa alltid min mamma - inte ska du väl gråta!

Det fungerade. Jag slutade att gråta. Helt.

Ända tills den dagen då morsan dog. Då "lyckades" jag klämma fram några tårar.

Jag var 48 år. Det knöt sig och krampade i magen för att få fram dom där ynka små tårarna.

Det var som om jag, med order av min mor, byggt en kraftig fördämning mot gråten och mot att få visa mig ledsen.

Jag såg aldrig min mor gråta.

Två år senare dog min far. Det var inte lättare då.

Det var samma krampaktiga ansträngning, samma motstånd för att få fram några få tårar.

Erika, som både hade lätt till skratt och gråt, ansåg att jag hade ett känslomässigt handikapp som inte kunde gråta.

Då såg jag inte det.

Jag vet att jag, av någon nu främmad anledning, liksom försvarade min "rätt" att inte gråta.

Jag påstod att jag inte hade några behov av det.

Det satt mycket djupt i mig att - inte ska du väl gråta!

Min mors ord och uppmaning var som etsade i mig.

En inlärd regel som utvecklade sig till en övertygelse.

Om Erika inte hade blivit svårt sjuk och dött hade jag nog fortfarande inte kunnat gråta. Jag hade säker fortsatt att påstå att jag inte behövde gråta. Alla måste så klart få ha sina sätt att uttrycka sin ledsenhet på. Nu kan jag gråta. Men vägen till tårarna har för mig varit smärtsam och fylld av sorg och saknad. Jag hade inget hellre önskat än att få behålla den oförmågan. Nu vet jag att gråten har hjälpt mig i min bearbetning och sorgeprocess. Nu vet jag att det handlade om att jag hade en rädsla för att gråta. En inlärd rädsla. Den rädslan har jag i alla fall blivit befriad ifrån.

En av böckerna jag höll på att läsa var Den sista grisen av Horace Engdahl. Ur baksidestexten:

"För många är han sinnebilden av en intellektuell kulturpersonlighet."

Han trivdes nog utmärk med den beskrivningen.

Den första delen hette Skärvor och var korta texter, ibland bara några få rader, om helt skilda ämnen. För mig blev det distanserade påståenden, konstateranden vars huvudsakliga syfte tycktes vara att undervisa. Ibland förmana och utmana. Ett exempel: *"Att skriva för den intellektuella eliten är som att vara instängd i en hiss under ett strömavbrott."* En utsaga som gjorde mig fundersam av flera skäl. Menade han sig själv, att det var just det han höll på med? Om han menade att han inte skrev för en intellektuell elit, vilka skrev han då för?

Var han ute efter att nå en större läsekrets? Vilka räknade han förresten till den intellektuella eliten? Aningen svårdefinierad? Många av hans vänner, bekanta och kollegor? Troligtvis.

Varför skulle det vara så starkt begränsande att skriva för denna elit? Och varför skulle i så fall denna begränsning liknas med att vara i just en hiss? Och inte bara det, utan också vara instängd i den under ett strömavbrott. Det verkade ytterst besvärande.

Vid närmare eftertanke tyckte jag nog att själva utsagan i sig mer stämmer överens med dess liknelse. Jag undrade om han vantrivdes i den intellektuella elit han själv tillhörde? Kände han sig otillräcklig där måhända?

Hans syn på kvinnor tar sig både märkliga och befängda uttryck i boken. För vad vill han när han skriver:

"Hos kvinnan leder frihet till depression: det är vad en ung läsarinna kan lära sig hos Marguerite Duras. Sedan är det bara att välja."

Hans avsikter är säkert att provocera men i många av hans försök liknar han den omogna retstickan.

Provokationen som form och metod är svårbehärskad. Är syftet enbart att reta mig är jag ointresserad. Är syftet däremot att få mig att reflektera och tänka till kan det väcka mitt intresse.

Här ett försök att i Horace anda uttrycka det i en aforism-
liknande mening:
Vill du provocera? - akta dig nog så du inte spelar den
omogna retstickans tragiska rollfigur.

På tal om Marguerite Duras kom jag att tänka på följande
citat från hennes bok Att skriva:
*"Skriva. Jag kan inte. Ingen kan. Det måste sägas: vi kan
inte. Och ändå skriver vi."*
*"Skrivandet är det okända. Innan man skriver vet man
ingenting om vad man kommer att skriva. Och i fullständig
klarhet."*
*"Visste man något om det som man kommer att skriva, in-
nan man gör det, skulle man aldrig skriva. Det skulle inte
vara mödan värt."*
Det här stämmer säkert inte för alla som skriver, men för
mig fungerar det precis så här.
Skrivande tar, i bästa fall och i lyckligare stunder, fram det
okända i mig och överraskar mig på ett helt annat sätt än
vad mina tankar och mina samtal med andra människor
gör.

Ibland tänker jag att språket är som en hund som vissa
dagar ligger och morrar åt mig från ett undanskymt hörn
en bit bort från mitt skrivbord. När jag försöker närma mig
så rester den raggen. Visar tänder. Det är som om språket
vore på dåligt humör. Vägrar lyda och har ingen som helst
lust att samarbeta eller leka. Det utstrålar liksom ett -
lämna mig ifred! Hitta på något annat. Låt mig vara. Bok-
stäverna hoppa upp och ner som loppor i den ovårdade
pälsen. På golvet ligger ord utspridda som smaklöst torr-
foder.

Så kom den där dagen då jag fick det sorgliga beskedet att min vän, som legat nedsövd sedan drygt fyra veckor, hade avlidit. Streptokocker som tydligen hade löpt amok i kroppen. Det som hade börjat med en helt vanlig infektion. Det var så tragiskt. På så många sätt. I åratal hade han pratat om hur han längtade efter att få barnbarn och att sluta jobba, få gå i pension. Bara en dryg månad innan han hamnade på intensivvårdsavdelningen, där dom snabbt sövde ner honom, hade han fått sitt första efterlängtade barnbarn. Och han hade inte ens fyra månader kvar till sin pension. Då tog hans liv slut. Så ovisst och sårbart är livet. Från ett ögonblick till ett annat blev hans fru änka. Precis som jag blev änkling från en sekund till en annan. När jag pratade med henne lät hon förhållandevis samlad och kunde redogöra kortfattat för förloppet. Det verkande ha funnits ett hopp ända fram till dom sista dagarna. Men sedan hade det tillstött komplikationer som gjorde att kroppen inte orkade med längre och till slut gav upp. Jag kunde inte hålla tårarna tillbaka. Samtidigt fick jag så många minnen från då jag var i hennes situation. Jag kom så väl ihåg hur jag kände det. Det var på ett sätt en lättnad efter all denna väntan och spänning. Vilket kan låta konstigt. Samtidigt öppnades det ett tomrum som saknade väggar. Det var som om detta tomrum liksom fanns överallt och ingenstans samtidigt. Och utöver allt detta en tung och mörk sorg och saknad. Och så denna förvirring. Vad ska jag göra nu? Vad ska hända nu? Som alla praktiska saker som var tvungen att göras. Som att rensa ur alla skor och kläder. Tömma garderober, skåp och lådor. Det var fruktansvärt men något som jag var tvungen att göra.

Att inte skjuta upp saker. Att inte låta allt det där som måste göras lägga sig på hög.

Jag minns att det var som om det öppnades en parallell värld när Erika dog. Det mesta runt omkring mig var ju som vanligt. Alla vardagliga och till synes självklara och triviala saker fanns kvar. Lägenheten, möbler, alla föremål, bilarna på gatan, grannarna, den lilla och den stora världen utanför, släkt, vänner och bekanta.

Mycket var på samma sätt efter hennes död som före. Förutom den där andra världen som plötsligt öppnades framför mina fötter. Som att ett stort stycke hade slitits bort av min tillvaro. Det där stora, okända och skrämmande tomrummet som verkade sakna gränser.

Jag levde i det välkända och bekanta samtidigt som jag befann mig i ett totalt okänt och oidentifierbart landskap utan förmåga att orientera mig där.

Men det gick. Inte minst tack vare en stabil omgivning, barnen och mina vänner.

Utan det hade det varit oerhört mycket svårare.

När det gällde den kommande begravningen och minnesstunden hade jag ett problem.
Ett stort och känsligt problem.
Det var en person jag absolut inte ville träffa och befinna mig i samma hus som.
Det var Erikas syster.
Alla kände väl till anledningen varför jag inte kunde vara där om hon skulle komma dit.
Historien bakom detta var både lång, komplicerad och på många sätt tragisk.

Och så kom dagen då det var begravning. Det var på skärtorsdagen.
Jag bar på en anspänning som bestod av flera delar.
Först och främst den tragiska bortgången av en nära vän och så naturligtvis alla känslor och minnen från Erikas begravning. Men så var det också olustkänslorna över att behöva möta en person jag minst av allt ville ha något som helst att göra med. Allra helst där och i det sammanhanget.
Men, på förmiddagen fick jag meddelade om att hon inte skulle komma. Det var en stor lättnad.
Nu kunde jag fokusera på begravningen och ta hand om alla tankar jag visste skulle komma.

Jag hade beställt blommor veckan innan.
I samma blomsteraffär där jag hade beställt blommorna till Erikas kista.
Ja, det var jobbigt. Jag kunde ju ha valt en annan blomsteraffär, men det ville jag inte.
Jag ville inte undvika att möta den känslan.
När expediten frågade vad som skulle stå på kortet förutom avsändarnamn blev det helt blankt.
Jag hade inte tänkt på det och var därför oförberedd. Så jag var tvungen att fråga henne - vad brukar man skriva?
Hon sa: "om man inte är så nära så är det vanligaste att man skriver En sista hälsning." Eftersom jag inte kunde komma på något annat svarade jag att hon kunde skriva det.

Jag la till en handbukett, betalade och gick därifrån. Jag tänkte – en sista hälsning. Det var väl sant, men lät torftigt. Ytligt och distanserat. Visst, en begravning är ett avsked, ett organiserat och offentligt farväl. En form av ett avslut, men också början på något nytt för alla runt omkring. På vägen hem funderade jag på vad jag kunde ha skrivit istället. Men det gick trögt. "Sörjd och saknad" skulle kanske fungerat. Eller "Vila i frid." Men det lät mer som en uppmaning. Jag släppte tankarna ganska snabbt och kom fram till att "En sista hälsning." ändå var rätt okej.

Det var tungt att kliva in i kapellet. Det var mycket folk. Många kände jag igen, gemensamma bekanta och vänner. Men det var också många jag inte sett förut. Som hans kollegor, syskon och syskonbarn.

Den här gången var det inte jag, våra barn och släktningar som stod i rummet intill, samlade innan vi skulle gå in och sätta oss på dom markerade platserna längst fram till höger.

Även denna gång var kors, psalmböcker och andra kristna symbolen bortplockade.

Det blev så att jag satte mig längst fram, på den första raden på vänster sida, bredvid två vänner.

Jag ansträngde mig till mitt yttersta för att känna närvaron i stunden och i rummet.

Men jag hade svårt att koncentrera mig på något sätt. Inte så att jag satt och tänkte på något annat.

Det var mer att det hela kändes så svårgripbart.

Där i kistan låg en person jag för bara knappt två månader sedan varit hemma hos på middag.

Det var då dom berättande den glada nyheten om att dom, bara några dagar tidigare, hade fått sitt första efterlängtade barnbarn.

Dom visade bilder på den nyfödda.

Det var som om alla tankar, minnen och känslor krockade på något sätt och gjorde att jag inte fick tag på sorgen. Jag kände mig berörd, men hade svårt att släppa fram tårarna.

När så familjen och släkten började gå runt kistan och lägga ner sina blommor insåg jag plötsligt att jag kommer att vara den första som går fram efter dom.

När det stod klart för mig så var min spontana reaktion – nej, jag vill inte, orkar inte. För att i nästa sekund tänka – varför inte. Och så blev jag helt lugn. Jag var ju den första som gick fram då Erika begravdes. Jag klarade det, så varför skulle jag oroa mig nu tänkte jag.

När jag kom till minnesstunden hade många redan anlänt. Jag pratade med några jag inte träffat på länge. Det är svårt att skriva att det var trevligt, men vissa spänningar släpper taget efteråt.

Dom, precis som jag, hade sammanställt ett bildspel från det att han var barn fram till det att han sitter och håller sitt barnbarn i famnen. På några av bilderna var även Erika med.

Jag hade haft problem med axeln och nacken på höger sida i säkert tre år.
Och äntligen hade jag kommit iväg till en naprapat.
Rörligheten var helt klart sämre på höger sida, behandlingsbar, men eftersom jag hade gått så länge med det kunde det ta lite tid var hans omdöme.
Han var ung men verkade kunnig och hade ett bra handlag.
Han tittade på hur jag såg ut och hur jag rörde mig.
Sedan började han att dra, trycka, bända, stäcka och vrida.
Det mest obehagliga var när han la upp nacken i ett speciellt läge och ryckte till så det knakade.
Det var som om även själsliga spänningar släppte och jag kände att jag var tvungen att hålla igen för att inte börja gråta.

Problemen hade uppkommit när jag höll på med mina teckningsprojekt.
Jag blev lite besatt, halvt manisk. Säkert ångestdriven.
Efter beskedet om återfallet hade jag behov av att hitta något annat att koncentrera mig på än Erikas sjukdom, mitt arbete och vardagssysslorna.
Jag ville ha något eget att fly till och som inte krävde så mycket tid att komma in i.
Något jag regelbundet kunde komma tillbaka till utan långa uppstartssträckor.
Det tog ganska lång tid innan jag kom fram till en fungerande idé, ett koncept som jag snabbt kunde återuppta mellan gångerna jag hade tid att vara i mitt arbetsrum.
Skrivandet fungerade inte eftersom jag behövde en lång ställtid för att komma in i och fram till skrivakten. Då saknade jag dessutom den koncentration som krävs för att kunna skriva.
Så jag ville ha det så enkelt som möjligt och valde till att börja med därför bort att använda färg, det var för svårt och innebar för många valmöjligheter. Därför bestämde jag mig för svart, vitt och där emellan. Jag testade pensel.

Både svart och vit akryl, men också flytande tusch och bläck.

Det kändes också för omständligt så jag bestämde mig för att enbart använda mig av blyerts.

En avgränsning som kändes konstruktiv för mig då.

Jag införskaffade pennor och stift i olika tjocklekar och hårdheter samt A2 och A5 ritblock.

När jag hade fattat det beslutet hade jag ännu inte kommit på vad jag skulle teckna.

Vilket kanske kan låta konstigt. Men för mig handlade om att hitta en egen ö där jag kunde få försvinna in i mina egna tankar och ha fokus på något annat än cancer och överlevnad.

Det var också ett sätt att upprätthålla och få utlopp för min kreativitet. Matlagningen fungerade lite som kreativ ventil och jag höll på med att testa många olika maträtter, tillagningssätt och råvaror.

Med varierande framgång.

Det jag till slut landade i, med tecknandet, var en kombination av några av mina intressen; språk, bild och organisationsteori, men också det jag hade behov av då, nämligen att få lite tid till mig själv.

Jag hade fått sätta mig och mina behov åt sidan, så klart.

Och för mig fanns inga alternativ.

Det var vi som hade drabbats av den där förbannade cancern och den satt nu i Erikas kropp.

Detta fick inte mina behov av att få tid till mig själv och mitt skapande att försvinna.

Jag var bara tvungen att hitta en passande form.

JAG blev en komponent i mitt projekt.

Jag hade alltså nu ett ord; JAG och ett medium; blyerts på ritpapper.

Eftersom jag länge hade intresserat mig för och undervisat om hur man organiserar, planerar och genomför projekt och på vilket sätt det påverkar både processer och resultaten så började jag med att placera in ordet JAG i ett klassiskt hierarkiskt organisationsschema.

Och i det ögonblicket jag gjorde det så var idén klar.

Jag arbetade fram en prototyp, en mall, en sorts logotyp, med ordet JAG skrivet med teckensnittet Bodini och en ram runt.

Från den stunden hade jag min grundform som jag sedan varierade i storlek, antal och placeringar. Dom få tilläggen därutöver var streck och pilar som förband rutorna på olika sätt.

Förlagorna tog jag först fram i datorn som jag därefter projicerade upp på pappret.

Sedan ritade jag av konturerna för att slutligen göra ifyllningarna.

Projektet kom att bli viktigt för mig av många anledningar. Inte minst som återhämtning. Och framför allt; det låg alltid framme i mitt arbetsrum och jag kunde enkelt avsluta och återuppta arbetet från ena stunden till den andra. Ingen ställtid. Ingen lång förberedelseakt. Jag hade äntligen hittat fram till ett projekt och en arbetsform som jag hade full koll på själv, var utvecklingsbart, skalbart, kunde ha sitt eget tempo och jag såg tydliga och konkreta resultat. Det existerade inte bara i tanken som så många andra av mina projekt.

Ordet JAG hade för mig flera giltigheter. Visst, delvis var det; med JAG då? Men också denna irriterande jagfixering och tokindividualisering vi hade fått i samhället.

Blyerts är också ett i sammanhanget intressant medium eftersom det både kan vara varaktigt men också går lätt att sudda ut, sudda bort.

Istället för att hitta kollektiva lösningar på individuella problem så försöker var och en att hitta sina individuella lösningar på kollektiva problem.

Jagcentreringen bidrog till att dra isär samhälle och ökade klyftorna och ojämlikheten.

Jag hade hittat min tillflyktsort och kunde ibland sitta i timmar och teckna, fylla i streck och fält med monotona rörelser.

Och eftersom jag levde med en ständig oro och ovisshet över Erikas tillstånd, som skapade spänningar i kroppen, så var det inte så överraskande att jag hade fått värk.

124

Även om jag kände att det fanns mycket kvar att ge i Jag-projektet, trots ett 20-tal A2 och 50 A5 bilder så ville jag ta in Erika. Så jag utvecklade formen och idén och gjorde en ny mall: Du & Jag & ...
Några exempel:
Du & Jag & Döden. Du & Jag & Livet. Du & Jag & Ovissheten. Du & Jag & Sorgen. Du & Jag & Maktlösheten. Du & Jag & Rädslan. Du & Jag & Slumpen. Du & Jag & kärleken.
Det var ytterligare ett sätt för mig att bearbeta det som höll på att ske.
Att Erika höll på att dö och att det bara handlande om när, hur lång tid vi hade kvar tillsammans.
Tecknandet var ett försök för mig att konkretisera det som skedde. Det var ett försök att manifestera det i text och bild. Ett försök att hantera sorgen.
Det kanske lindrade något och gav mig delvis en annan ingång. Det blev ett annat sätt att konfrontera mina tankar och känslor kring döden, gå nära.
Ett annat sätt blev att läsa om och intellektualisera döden. Att möta döden men med en viss distans och på så sätt få lite andra perspektiv på den tillvaro vi var så djupt fastlåsta i igenom sjukdomen och förloppet.

Dagen efter naprapaten var det dags för hälsosamtal! Ett antal månader tidigare hade jag fått erbjudande av min vårdcentral om att komma på ett hälsosamtal. Varför inte tänkte jag då.

Nån vecka innan hade jag varit och tagit blodprov på fastande mage.

Jag skulle också fylla i en enkät som jag hade fått hemskickad med frågor om motion, levnadsförhållanden, matvanor och alkoholkonsumtion.

Eftersom jag har hypokondriska drag och tyckte att det är jobbigt i största allmänhet att vara på vårdinrättningar så blir jag alltid orolig innan jag skulle gå dit.

Jag vet inte hur många gånger jag följde med Erika när hon skulle ta prover, göra undersökningar, få behandlingar, byta picline, vilket är en infart för att ge cellgifter genom, röntgas, opereras, vara på läkarbesök... Ändå, lika förbannat, så tycker jag det är jobbigt. Och så var det bara ett hälsosamtal!

Sjuksköterskan som höll i det var bra, i min egen ålder och pragmatisk.

Det började med att jag fick fylla i fler enkäter. Utifrån dom räknade hon ut siffror som hon sedan förde in i ett diagram som hon sedan ritade en kurva i – min hälsokurva.

Hon mätte min midja – BMI och tog blodtrycket.

Vi gick tillsammans igenom enkäten jag fyllt i hemma.

Till slut var alla siffror på plats och hon räckte över min hälsokurva.

Diagrammet som kurvan ritades i hade fyra spalter.

Spalt 1 var grön och innebar låg risk och spalt 4 var ilsket röd och innebar hög risk.

Det var sammanlagt 12 kolumner. Det såg bra ut. 9 av 12 hamnade på grönt.

Mat hamnade i spalt 2. Antagligen för att jag fyllde i att jag äter smör, grädde och fet yoghurt.

Mängd mättes inte. Således fick även ytterst blygsam användning av dessa livsfarliga livsmedel en avvikelse. Även alkohol hamnade i spalt 2.

Sedan var det kolesterolet som stack av ända bort till orange, spalt 3, med värden mellan 6.50 – 9,0. Mitt värde

var 7,1. Fem år tidigare var värdet exakt detsamma kunde hon se i min journal.
Så det hade ju i alla fall inte gått upp.
Detta resulterade i att jag skulle bli uppringd av en läkare för att med denne diskutera om jag skulle ta kolesterolsänkande läkemedel eller inte.
Jag kände mig en aning lättad när jag gick därifrån.
När läkaren ringde några dagar senare var vi överens om att någon medicin inte behövde sättas in i nuläget.

En sak som hade dominerat den svenska nyhetsrapporteringen den här våren var krisen i Svenska Akademien. En kris som innehöll många komponenter journalistkåren tacksamt och villigt rapporterade om. Det blev ett drama i många akter.

Jag hade själv med stort intresse, nyfikenhet och sensationslystnad läst många spaltmeter om detta spektakel som utspelade sig offentligt om än inte för öppen ridå. För detta var Akademien ännu alltför hemlig och sluten, vilket också var en av anledningarna till haveriet.

Det hela startade hösten 2017 med det massiva kvinnouppropet #metoo.

Akademiledamoten Katarina Frostenssons man, kallad kulturprofilen, anklagades för sexuella övergrepp av en lång rad kvinnor. Något som var välkänt av många i och utanför akademien.

Denna kulturprofil drev, tillsammans med Frostensson, en kulturverksamhet som under lång tid fick generösa stöd av Svenska Akademien.

Jäv och nepotism med andra ord. Något alla ledamöter måste ha känt till.

Det hade alltså uppdagats att Svenska Akademien inte bara var en hemlig sammanslutning utan även hade en utpräglad tysthetskultur och utbredd vänskapskorruption.

På en och samma gång var den nu lika anrik som rutten, respekterad som föraktad, trovärdig som förljugen.

Det var ett patriarkat som med alla till buds stående medel och ohederliga metoder kämpade för sin överlevnad. Det var mycket som stod på spel för dom som satt kvar.

Privilegier, status och anseende.

I denna turbulens blev Sara Danius, som första kvinnliga ständig sekreterare, avsatt och lämnade därmed även sin stol. Hennes ambitioner att förnya detta 1700-talssällskap var inte välkommet i den dominerande kretsen av i huvudsak män.

Horace Engdahl, tidigare ständig sekreterare, skev i en artikel att Danius varit den sämsta ständiga sekreteraren i Akademiens historia.

Det var både arrogant och skamlöst. Ett tecken på desperation och hans egen hotade ställning.
Efter alla avhopp blev Akademien oförmögen, enligt stadgarna, att välja in nya medlemmar.
Nobelpriset i litteratur skulle inte komma att delas ut.
Världspressen följde dramat.
Bekymrade upprop från hundratals akademiker, forskare och författare understryk krisens magnitud.
Det var en tung och mycket inflytelserik institution som förfogade över en ansenlig mängd pengar som delades ut i form av priser, stipendier och projektbidrag som nu skakade i sina grundvalar.
Ingen kunde nu på allvar tro att förtroendet skulle kunna återupprättas av dom reaktionära medlemmar som satt kvar. Många menade att samtliga medlemmar i Akademien borde bytas ut.
Att radikalt och genomgripande förändra en osund kultur som man är en del i, varit med att upprätthålla och belönats av, är i stort sätt en omöjlighet.
Det gäller ju inte bara Akademien utan alla organisationer.

Det är välkänt att vi människor är beredda att gå långt i våra handlingar för att behålla makt, inflytande, kontroll, privilegier, positioner och status.
Så har det alltid varit och kommer nog så att förbli.
Men, det rör sig bara om en minoritet högt uppsatta personer som har något att försvara och också har resurser till att göra det.

För om man tittar på en annan grupp människor, på den andra änden av den sociala och ekonomiska skalan, med knappa resurser och osäkra villkor, så har dom helt andra förutsättningar i sina liv.
När dessa människor exempelvis blir sjuka är det inte bara sjukdomen dom kan bli angripna av och som dom måste hantera. Dom kan även bli angripna av Försäkringskassans omänskliga bedömningskriterier.
I sina ambitioner att få ner antalet sjukskrivna och minska sjukskrivningstalen så hade Försäkringskassan gått så

långt att antalet avslagna sjukskrivningar kunde ge handläggare högre lön.
Att neka sjuka och utsatta människor sjukersättning hade blivit ett lönekriterium! Ju fler avslag en handläggare gav desto större chans att höja sin lön.
Dom handläggare som beviljade för många människor sjukersättning "bestraffades" för detta med en sämre löneutveckling.
En statlig institution som hade som främsta uppgift att hjälpa människor som drabbats av skador och sjukdomar, belönade dom handläggare som gjorde det motsatta, alltså att INTE hjälpte människor som drabbats av skador och sjukdomar. Dårskap.
Ett annat exempel från samma bottendivision. I en liten notis läste jag om chefsbonusar på det privata men skattefinansierade vårdbolaget Attendo. Den verksamhetschef som lyckades sänka företagets kostnad per vårdtimme med några kronor, jämfört med året innan, kunde få en bonus på 2,5% räknat på årslönen.
Hur sänker man kostnaderna per vårdtimme lättast och snabbast?
Genom att dra ner på personal så klart.
Vilka drabbas av det? Vårdtagare och den personal som blir kvar.
Att ledningen för den privatägda vårdkoncernen Attendo belönade individer, alltså enskilda chefer, genom att uppmuntra och uppmana dom att försämra för ett hjälpbehövande kollektiv var en cynism utan dess like. Nyliberalismen visade upp sitt rätta och obehagliga väsen.
Det var en ytterst obehaglig utveckling. Den skrämde mig.
Och det som också gjorde mig förfärad var att dom allra flesta inte ville ha ett sådant profitfixerat samhälle. Ändå hade vi fått det. Ändå hade vi tillåtit en sådan utveckling.

Och varför engagerade jag mej inte mot detta då? För att jag kanske inte orkade? För att jag kände någon slags politisk förlamning? Uppgivenhet? Eller helt enkelt för att jag sket i allt?

Så länge jag inte själv drabbades i någon högre grad kunde jag ju koncentrera mig på just mig själv som så många andra som tillhör den nöjda och passiva medelklassen.

Någonstans inom mig hade jag en vag, olustig känsla av att det ändå till slut kommer att gå åt helvete.

Så varför bekymra mig nu?

Det var väl bara att följa med mot förfallet?

Men, jag hade ju barn och därmed ett ansvar. Och snart skulle jag få barnbarn.

Det kanske hade blivit hög tid att bli aktivist?

Försöka hitta nya vägar, metoder, kanaler och former att agera, agitera.

För, det känns som om den politiska retoriken rör sig i en allt trängre cirkel.

Samtalen har blivit ytligare och tonen har blivit hårdare.

Formaten har blivit kortare samtidigt som frågorna blivit mer komplexa. Tempot har ökat medan utrymmet för eftertanke och reflektion har krympt. Toleransen har minskat och populismen brett ut sig.

Det var som om det politiska utbudet inte stämde överens med den demokratiska efterfrågan.

Det var som om kommunikatörer och pressekreterare hade filtrerat bort det substantiella innehållet i politiken. Kvar blev bara en ointressant programmatisk form som bara tycks öka avståndet mellan väljare och valda.

Det verkade pågå ett taktiskt stämningskrig mellan politiker och media, en kamp eller tävling istället för ett samtal, en dialog med syfte att förklara, förstå och reflektera.

Det gällde också att hitta rätt frågor att driva.

Nu började partierna positionera sig inför valet i september.

Moderaterna hade en helt annan uppfattning om rättvisa och jämlikhet än vad jag hade.

En viktig fråga för dom var, som vanligt, att sänka skatterna. Vilket, som vanligt, gynnar dom rika mest.

Skattesänkningar kunde man se som en belöning till rika och välbärgade människor.

Partiet jobbade också hårt med en annan fråga, nämligen att ta fram ett lagförslag som skulle förbjuda tiggeri. Det var tydligen en prioriterad fråga som dom ville lägga ner mycket tid och energi på.

Om man har en lag som förbjudet någonting så måste man också ha ett straff om någon bryter mot denna lag.

Dom som kom hit och tiggde tillhörde några av dom mest utsatta och fattigaste människorna i Europa och som såg tiggeriet som en sista desperat handling och möjlighet att få ihop till uppehället.

Att sitta på gatan och tigga måste nog räknas till det mest förnedrande och stigmatiserande en människa kan göra.

Dessa människor ville moderaterna bestraffa - med böter - om dom tiggde på öppen gata.

Så såg moderat omfördelningspolitik ut!

Jag hade nu varit arbetsfri i tre och en halv månad. Den stora frågan som redan började göra sig påmind var – vad ville jag göra efter mitt "friår"?

Var jag beredd att kliva tillbaka in och liksom fortsätta där jag slutade fast då troligtvis under sämre förutsättningar? Skulle jag, nu när jag hade chansen och tiden, försöka att hitta något annat? Frilansa? Någon gång efter sommaren var jag tvungen att lämna besked om att antingen förlänga min tjänstledighet ytterligare ett halvår eller år. Eller skulle jag börja arbeta efter nyår? Frågan kanske i grunden handlade om vad som skulle göra mig mest "lycklig"? Eller minst olycklig. Det finns en föreställning om att alla ska vara lyckliga. Men få verkar vara det.

Det finns välkänd forskning på att rikedom inte har med lycka att göra och alltså ett argument för att fördela jordens gemensamma rikedomar rättvisare. Men vi kan ju börja med att skruva ner våra förväntningar och förhoppningar om att vi ska vara så lyckliga. Vår strävan efter lycka kan ibland förblinda oss.

Jag hade fått en idé cm att skriva några texter och bearbeta dom i Power Point – det kändes som ett klassiskt kommunikationssätt. Jag hade ännu inga tankar på hur det skulle kunna användas. Så här blev ett första utkast:

- Lyckan får oss att inse att vi aldrig kommer att bli lyckliga.
- Lyckan är bara ett ord och det finns inga lyckliga människor – det har aldrig funnits några lyckliga människor.
- Lyckan får oss att inse att livet är ett lidande
- Lyckan är inte mer än ett simpelt försäljningsargument
- Lyckan är bara en reklamkampanj

133

- Lyckan är en provokation
- Lyckan är ett svart hål
- Lyckan är en form av slaveri
- Lyckan är en falsk nyhet
- Lyckan är en bottenlös bägare
- Lyckan är en prototyp
- Lyckan är en chimär. Men - det kan finnas lyckliga ögonblick!

Ett annat uppslag var; ordning och reda. Många politiker från dom flesta partier pratade om ordning och reda. Så jag började reflektera över vad det egentligen betyder, står för och kan innebära. Det är någon slags dubbelhet i frasen. Och som används utan några närmare förklaringar.
Några exempel:

- Nu pratar alla politiker från alla partier om ORDNING OCH REDA!
- Hur ska väljarna kunna hålla ORDNING OCH REDA på alla politiker och partier som ständigt och jämt upprepar att vi måste skapa ORDNING OCH REDA?
- Kan vi få lite ORDNING OCH REDA på vad ORDNING OCH REDA står för!
- ORDNING OCH REDA kan betyda vad som helst för vem som helst.
  Auktoritära ledares retorik går inte sällan ut på att dom vill ha just ORDNING OCH REDA
  bland annat för att eliminera oppositionella som dom anser vara störande element.

- ORDNING OCH REDA kan betyda hårdare straff.
- ORDNING OCH REDA kan betyda segregation och rasism.
- ORDNING OCH REDA kan vara ett annat uttryck för hat.
- ORDNING OCH REDA kan vara en innehållslös fras.
- Hur skulle ett samhälle se ut om allt var i en perfekt ORDNING OCH REDA?

En kväll när jag satt och nyhetssurfade så var oron på bostadsmarknaden huvudnyhet. Det kanske var min tidigare flytt som gjorde mig intresserad av ämnet.

Priserna på bostäder i främst Stockholm hade stigit så mycket att "normalinkomsttagare" inte hade råd att köpa en "normal" bostad. Spekulationsekonomin höll på att implodera och risken för att den övriga ekonomin följde med var förstås uppenbar.

Jag kände mig helt tillfreds med att inte ha en bostad i Stockholm jag måste sälja och som jag hade köpt till överpris för lånade pengar och satt med en absurt hög boendekostnad som tvingade mig att jobba arslet av mig.

Bostadspolitiken hade skapat ett marknadssystem där människors bostäder i vissa fall hade förvandlats till ekonomiska skuldfängelser. Alla måste ha någonstans att bo. Men då inte instängda i celler som dom inte kunde ta sig ut ur annat än med stora ekonomiska förluster som följd. Man kunde ju tycka att folk fick skylla sig själva om dom försatte sig i sådana situationer.

Men när det gällde just bostäder var det mer komplicerat än så. Det handlade om ideologi.

Fler än jag befarade att vi snart kunde få se obehagliga konsekvenser av den rådande bostadspolitiken i form av ekonomisk instabilitet och personliga tragedier.

Jag behövde en ny cykelhjälm. Den jag hade tänkt köpa fanns på Haga Cykel.

Det var sol och sommarvärme och min tanke denna dag var också att ta en längre cykeltur istället för promenad.

Eftersom cykelaffären låg på vägen till Himmelstalundskapellet och minneslunden bestämde jag mig för att ta med ett av gravljusen och en tändare.

Jag cyklade Södra Promenaden upp till Färgargården och följde Strömmen, under Riksbron och kom ut vid Mässhallarna. Jag cyklade förbi campingplatsen, över bron och svängde ner vid hällristningarna och vidare bort till Haga Cykel. Köpte min hjälm och körde därefter mot Norra kyrkogården.

När jag kom till krematoriet såg jag på anslagstavlan vid ingången till området att det inte var några begravningar den här dagen. Jag spanade upp mot minneslunden och såg bara en äldre kvinna, men hon var en bit bortom själva lunden.

Jag tog fram gravljuset, lyfte av locket och tände veken.

Det blåste ganska hårt men mässingslocket skyddade lågan, men den fladdrade oroande.

Jag satte mig på bänken intill ljuset. Jag kunde inte erinra mig när jag var där förra gången.

Jag visste bara att det var länge sedan. Just detta gav mig dåligt samvete.

Borde jag inte ha varit där betydligt fler gånger?

Varför hade det inte blivit av?

Frågorna hade då och då kommit upp i mitt medvetande.

Det fanns ett motstånd, det var helt klart.

Så när jag satt där kände jag ett behov av att göra upp med mitt dåliga samvete och mina uteblivna besök vid minneslunden.

Varför kände jag som jag gjorde?

När jag tog frågan på allvar blev jag på det klara med vad det handlade om.

Jag fick helt enkelt inte kontakt med min sorg där.

Så, varför skulle jag då gå dit? För att man bör eller brukade göra det?

Nej, för mig kanske det inte fungerade med en offentlig och formellt tillrättalagd plats.

Gångerna jag hade varit där tidigare hade jag visserligen gråtit, men det hade såklart mer med saknaden att göra, än med själva platsen.

Men jag visste inte. Det kunde mycket väl vara så att jag fick för mig att gå dit fler gånger, men just då fungerade det inte.

Jag tror det främst handlade om att jag inte ville bli störd.

Jag ville vara ensam med min sorg eller dela den med någon eller några som stod mig nära.

Maj månad hade slagit värmerekord. Det hade varit uppemot 30 grader. Det rådde eldningsförbud. Flera skogsbränder härjade. Lantbrukarna var djupt oroade över torkan. Inget regn i sikte. Var det en följd av klimatförändringar orsakade av alla utsläpp eller var det "normala" variationer? Så länge klimatförnekarna hade makten så gällde det senare och då hjälpte inte en i stort sätt enad forskarkår.

Klimatsnooza

Vi somnar om
och om
och om igen
mitt i alla klimatalarm
Barnen gnyr
Väckarklockorna har ringt
i decennier!
Vi hör
Alla hör alarmsignalerna
högt och tydligt
Vi snoozar
En gång till
Gång på gång
Barnen klagar
Det är redan mitt på dagen
Klockan har passerat
fem i tolv!
Va?
Jaha?
Vi kanske...?
borde...?
möjligtvis...?
eventuellt...?
Vakna och stiga upp?
Agera?
Barnen gråter
Vi ligger kvar
Vänder oss om

och om
och om igen
Vi snoozar
mitt i alla klimalarm
Barnen skriker

Mitt i denna extrema värmebölja kom broschyren som gick
ut till fem miljoner hushåll:
Om krisen eller kriget kommer. Utgiven av MSB Myndig-
heten för samhällsskydd och beredskap.
För några veckor sedan återinvigdes också ett regemente
på Gotland. När det regementet lades ner flyttades, av ar-
betsmarknadspolitiska skäl, Riksutställningar, med upp-
gift att producera och distribuera utställningar över hela
landet, till Gotland. Kanske den minst lämpliga orten för
den verksamheten. I helt nybyggda lokaler. Fullständigt huvudlöst. Förra året
la man ner Riksutställningar.
Kapital- och resursförstörelse av stora mått.
Jag kände mig lite kluven till broschyren. Den skapade oro
och samtidigt en medvetenhet som var nödvändig. Vi levde
i ett samhälle som blev mer och mer komplext.
Utvecklingen skedde i en allt snabbare takt inom många
områden. Vilket ökade vår sårbarhet.

En av många saker som oroade mig i sammanhanget var
att tilliten till och förtroendet för politiker och myndigheter
allvarligt hade försämrats. Det blev som en ond cirkel.
Ansvariga och chefers tillit till sina underställda verkade
ha minskat vilket inrebar ökad granskning och detaljre-
glering som i sin tur skapade en kontrollbyråkrati som var
förlamande för många yrkesgrupper så som lärare, vård-
personal och poliser för att nämna några.
Alla organisatoriska katastrofer under den senaste tiden
gick att göra en lång lista på.
Några exempel: Riksrevisionen var så illa skött att alla tre
riksrevisorer fick avgå, på grund av jäv, bland annat!
Transportstyrelsens outsourcing av deras IT-verksamhet.

Genomfört efter direktiv från just Riksrevisionen för att spara pengar. Istället fick vi en mycket kostsam katastrof med två ministrar som fick avgå. Polisens nya organisation. Planeringen och bygget av Nya Karolinska sjukhuset. Och SJ så klart som misskötts under så lång tid. Privatiseringen av stödet till svårt funktionsnedsatta där assistansbolag kan startas och drivas av kriminella. Osannolikt och häpnadsväckande!

Vad jag tänkte på när jag läste det 20 sidiga krishäftet från MSB var; om offentliga institutioner och myndigheter inte fungerar särskilt bra under normala omständigheter, hur ska dom då fungera under allvarliga krissituationer?

När jag en dag åt jag lunch med en kollega blev jag påmind om den sedvanliga stressen i slutet av terminen. Mycket skulle samlas ihop och avslutas samtidigt som förberedelser och planering skulle göras inför höstterminen. Jag var glad över att jag inte behövde vara inblandad. Allt verkade nästan vara som det brukade, möjligtvis något sämre. Ingen vikarie på min tjänst i höst. Besparingar. Ingen är oumbärlig.

Men utan radikala förändringar i kurserna kommer besparingarna leda till att det bli försämringar. Om förändringarna ska kunna bli konstruktiva krävs att man satsar resurser; framför allt tid, vilket betyder pengar. Men dom resurserna ryms inte i en sparbudget och den tid som skulle behövas kan heller inte pressas in i redan stressade medarbetares agendor.

Till slut håller det inte längre. Det kanske är avsikten? Avveckling?

Humaniora står inte högt i kurs. Estetiska ämnen har medvetet och systematiskt degraderats och fått lägre status. En av orsakerna till det är att det är alldeles för svårt att räkna fram några mätbara värden.

Ibland tänker jag – men kör hela skiten i botten då! Så att vi kan börja om på nytt.

Låt ekonomismen gälla fullt ut, vi är inte långt ifrån. Sluta upp med hyckleriet!

Bestäm att det bara ska vara ett värdesystem som gäller – PENGAR!

Det som inte går att värdera i pengar har inget värde.

Kultur som inte går att köpas och säljas på en marknad ska inte finansieras av offentliga medel. Naturligtvis bortsett från det vi kallar kulturarv och som är kopplat till vår nationella identitet, svenska traditioner, seder och bruk.

En sådan utveckling känns skrämmande men inte helt osannolik.

En farlig kombination av nationalism och ekonomism som drar isär samhället och hotar både demokratin, jämlikheten och mångfalden.

141

Med tre månader kvar till valet hade Socialdemokraterna historiskt lågt väljarstöd. Dom såg ut att gå mot sitt sämsta val någonsin. Deras valstrategi hade varit katastrofal. Dom hade tappat flest röster till Sverigedemokraterna. SD hade lyckats sätta en stor del av den politiska agendan med invandring och kriminalitet i fokus. Vad hade då sossarna svarat med? Jo, dom hade desperat försökt vinna tillbaka förlorade röster genom att kopiera SD:s politik och retorik! Istället för att satsa på en egen politik, grundad på klassiska socialistiska värderingar, där frågor om vård, skola, omsorg, arbete och jämlikhet stått i centrum. Frågor som engagerar många människor. Nej, man hade satt invandring, lag och ordning överst på sin politiska agenda. Dessutom hade det länge varit miljön och klimatförändringarna som oroat många människor och borde varit viktiga och prioriterade frågor för Socialdemokraterna.

En upprörande och riskfylld strategi.

Något jag hade blivit uppmärksammad på var att kommunikatörerna hade fått en allt mer framskjutande position i dom politiska partierna.

Deras uppdrag var att utforma budskap som gick igenom det så kallade mediebruset.

Förutsättningarna för att nå ut med politiska budskap hade dom senaste 10–15 åren förändrats i grunden. Det hade blivit en ojämn kamp mellan innehåll och form, mellan ideologi och kommunikationssätt. Om kommunikatörerna var experter på i vilken form och på vilket sätt politikerna skulle framföra sina politiska budskap så hade dom naturligtvis också ett stort inflytande över innehållet.

Vem tror på allvar att det går att föra en seriös och konstruktiv diskussion om stora, svåra och komplexa samhällsfrågor genom korta, kärnfulla sloganliknande fraser i snävt begränsade format med målet att så snabbt som möjligt nå så många som möjligt?

För mig var det här mer en fråga om marknadsföring än politik. Mer monolog än dialog.

Mer förenkling än fördjupning. Det sorgliga var att det verkade fungera.

Hur kunde Trump annars bli president?

När jag fick höra resultatet av omröstning i riksdagen om begränsningar av vinstuttag inom skola och omsorg blev jag både bekymrad och oroad.

Det blev ett förödande nederlag. Alliansen med stöd av SD röstade ner förslaget.

Undersökningar visade att en klar majoritet av folket, alltså även högersinnade, ville få bort vinsterna i välfärden. Här gick helt klart riksdagen i otakt med medborgarnas vilja.

Agneta Stark, ekonom och debattör, ställde sig frågan vad riskkapitalisterna hade i välfärdssektorn att göra. Där behöver dom varken ta några risker och inte heller saknas det kapital.

Pengar som var avsatta till skola och omsorg skulle naturligtvis också gå till det och inte försvinna ner i fickorna på privata ägare. Det var absurt.

Målsättningar och drivkrafter blir helt andra när privata aktörer tillåts agera på en skattefinansierad låtsasmarknad. Det var väl självklart att vinstintresset hamnade i fokus. Det var ju inte fel på företagen i sig, bortsett från dom kriminella som gavs möjligheter att mjölka staten på pengar med liten risk att åka dit. Nej, det var en nyliberal politik som gjort detta möjligt.

Det var det här som gjorde mig bestört. En annan anledning till min oro var den senaste opinionsmätningen. Den visade att Socialdemokraterna är nere i 24% och hade tappat fyra procentenheter. SD hade ökat ungefär lika mycket och var nu Sveriges näst största parti och fick 21,9 % i undersökningen. Bara tre månader innan valet. Om SD skulle gå upp och bli det största partiet vågade jag inte tänka på.

Jag hörde en kort, och ganska usel och okritisk, intervju med SD:s kulturpolitiska talesman på kulturnyheterna i SVT. Den gjorde mig minst sagt förfärad. Skulle SD få stort inflytande över vår kulturpolitik kommer det, med deras osannolikt kulturkonservativ hållning, att få allvarliga och långtgående konsekvenser.

Vad var det som höll på att ske?

Brunsvarta klängväxter

Det börjar i mindre skala.
I små undanskymda växthus
av hat.
I fyrkantiga krukor uppställda i långa raka led
planteras fröna i fascistisk jord.
När plantorna har vuxit till sig börjar
utplanteringen.
Först i det lilla. Sedan i allt större omfattning.
Växterna suger sin näring
ur ett djupt och långvarigt missnöje.
En vanmakt som inte gror ur
tomma intet.
Det vi kan se ovan mark är illa nog
Men det är deras rotsystem vi har
anledning att frukta.

Frågan måste ställas:
Varför finns det en "efterfrågan"
på dessa skadliga, invasiva växter?
Denna svårhanterliga och destruktiva klängväxt hämtar
sin näring ur
maktlöshet, orättvisor och ojämlikhet.
Därur, i denna monokultur, kan sedan
intolerans, misstro, förakt och hat frodas.
Om inte näringstillförseln upphör
kommer vi att få se hur den
brunsvarta klängväxten
med sina hårda, vassa blad breda ut sig i ett politiskt land-
skap
som blir allt mer vildvuxet, svårorienterat och osäkert.

Talarstolen

I varje land finns ett podium.
På podiet står en brun, maskäten talarstol.
I denna talarstol finns dem välkända stödorden

145

till den fascistiska retoriken inristade
redo att tas i bruk när tillfället ges.
Här går att läsa:
Mörkret. Hoten. Lögnerna. Sveket. Fienderna. Nationen.
Gränserna. Fanan. Rasen. Blodet. Historien. Kulturen.
Offren. Skulden. Förövarna. Syndabockarna. Hämnden.

Framtiden. Ljuset. Hoppet. Löftena. Fosterlandet. Sanningen. Kampen. Stoltheten. Patriotismen. Striden. Uppoffringarna. Segern.

Ordlista över en dystopi!

<u>När världen låser om sig</u>

Staket, stängsel, galler och murar
Nerfällda persienner
Fördragna gardiner
Stängda fönster och låsta dörrar
Larmanordningar. Varningssystem, övervakning
och kontroll
Yttervärlden betraktas genom ett dörröga
där en begränsad och förvrängd bild av verkligheten
visar sig
Rykten om hoten från utsidan grasserar
Där inne blir det svårare att andas
den allt mer unkna luften
Misstänksamheten och föraktet växer och sprider sig
Gränsen mellan ett vi och dom andra blir skarpare
Hatet frodas
Instängdheten kväver tanken, förnuftet och omdömet
Slutligen - rädslan förtär tilliten
Fruktan kväver livslusten
När världen låser om sig
återstår bara två vägar ut
Att öppna upp
eller att vänta och låta allt
imploderar och rasar samman.

Vid vissa tillfällen blir det så uppenbart att livet går på som vanligt.
Som när jag en söndagseftermiddag träffade några vänner och bekanta som sedan länge ses några gånger om året. Vi var åtta där. Av dessa var det två nyblivna änkor och så jag som änkling. Det känns lika konstigt varje gång jag skriver ordet; änkling. Jag säger det sällan.
Men då vi satt där i sommarvärmen, på gården, i skuggan under en stor kastanj, var liksom samtalen och jargongen som det alltid hade varit.
Umgängesformerna och ämnena vi diskuterade var dom samma. Trots att alla vi tre, som efterlevande, hade varit gifta i 30 år med våra respektive. Och som alltid tidigare också varit med.
Det var som om ingenting hade hänt. Samtidigt var livet förändrat i grunden för oss tre.

Jag satt och pratade med en av dom. Hon bävade för sommaren.
Jag kunde bara bekräfta för henne att det skulle bli jobbigt. Att första sommaren var värst och att ensamheten kommer att vara väldigt påtaglig.
Det gällde att stå ut och att möta den känslan.
Jag kunde helt enkelt inte säga till henne, i någon slags oärlig välvilja, att det nog kommer att gå bra. Nej det skulle komma att göra förbannat ont.
Jag åkte hem ganska tidigt.

En dag gick jag och vaccinerade mig mot TBE.
Jag tycker det är jävligt obehagligt med fästingar. Små svårupptäckta kryp fulla av hemska sjukdomar som dom hänsynslöst smittar oss med. Fästingar har inga viktiga ekologiska funktioner, vad jag vet. Dom är bara onda, illasinnade och självupptagna. Tillfredsställer sig själva genom att skada andra. Påminner vid närmare eftertanke om en annan varelse; som går upprätt på två ben.
Jag har läst hemska berättelser om folk som smittats och drabbats av hjärnhinneinflammation eller liknande och fått allvarliga men för resten av sina liv. En liten jävla fästing kan förstöra ett liv. Naturens hämnd? Eller bara en sorts påminnelse om att naturen och djuren är en kraft vi inte gärna vill erkänna. Vår hybris har gjort oss halvt döva och blinda för det som är utanför människornas domäner. Fästingen är ingenting annat än en sammanfattning, en komprimering, av människan.
Den biter sig fast, suger ut det den behöver och lämnar kvar skador och sjukdomar.
Vi människor är fästingvarelser. Frågan blir då vad det kan finnas för vaccin mot alla dom skador människorna orsakar? Och som är långt fler och allvarligare än borrelia och TBE.

I mitten av juni åkte jag och hälsade på en vän i Skåne.
Tanken var att jag skulle stanna och fira midsommar där.
På eftermiddagen två dagar innan midsommarafton ringde
Oskar.
Han berättade att dom hade varit uppe på Danderyds två
gånger och blivit hemskickade.
Hon hade värkar men det var inte tillräckligt långt fram-
skridet för att dom skulle få stanna.
Han lät lite förtvivlad, men inte uppgiven.
Dom hade sovit dåligt. Han lovade att höra av sig när det
hade hänt något.

Det började snurra i huvudet. Hur skulle jag göra? Vara
kvar eller åka hem?
Förloppet verkade inte gå problemfritt. Vad skulle jag
kunna göra åt det? Inget naturligtvis.
Men att befinna mig 65 mil bort kändes inte bekvämt. Jag
var ju inte helt oförberedd.
Vad behövde jag?

Jag tror det var min oro som fattade mitt beslut.
Jag hade ju levt med en oro i fem år, en oro som hela tiden
kretsade kring liv och död.
Och nu kom många minnen tillbaka.
Jag tänkte också på Oskars dramatiska födsel som slutade
med akut kejsarsnitt.
Det var ett trauma.
Erika, som hade fått diabetes redan vid 14 års ålder, hade
under förlossningen insulinkänningar samtidigt med
svåra smärtor.
Personalen var okunniga om diabetes.
Jag fick ta blodprov och säga till dom att sätta in dropp
med sockerlösning för att få upp blodsockret. Jag såg på
en display hur Oskars hjärtfrekvens ökade.
Läkaren, en manlig, envisades om att det skulle gå att föda
”normalt”.
Tiden gick och jag blev mer och mer stressad och orolig.
Erika var stundtals hel borta och nästan i insulinkoma.

När det blev ett läkarbyte och nattpersonalen gick på var läget kritiskt. Den nya, kvinnliga, läkaren beordrade akutsnitt omgående.

Erika rullades iväg för att sövas och snittas.

Jag fick inte följa med eftersom det blev akut. Så jag blev kvar, helt ensam i en korridor. Inga andra födslar var på gång den kvällen.

Jag var så in i helvete stressad och orolig så att jag inte kunde sitta ner utan gick fram och tillbaka i den där långa och ödsliga korridoren.

Jag vet inte hur länge jag väntade. En halvtimme eller två, tre timmar – ingen aning.

Till slut såg jag en sköterska komma längst bort i korridoren med en kuvös rullande framför sig.

Det första jag försökte fixera var hennes blick.

Det jag ville veta var om hon såg glad eller bekymrad ut.

Hon kom fram och parkerade kuvösen framför mig och sa "grattis".

Där i låg ett barn med en tunn filt över den lilla kroppen.

Mitt barn! Antagligen stod jag bara där och stirrade.

Jag hade inte sovit på nästan två dygn.

Det var då hon sa, vilket jag minns mycket tydligt: "Ska du inte titta efter vad det blev? Sticka in handen och lyfta på filten!"

Hon trodde naturligtvis att jag skulle vilja veta om det var en pojke eller flicka.

På den tiden fick man inte veta det innan barnet var fött.

Och det hade jag inte en tanke på.

Jag ville bara veta om dom hade klarat sig. Så jag fick in handen genom ett runt hål och lyfte på filten. En pojke!

Det hade gått bra och jag fick reda på att Erika låg på uppvaket och att det skulle ta några timmar innan hon vaknade. Sen rullade hon bort med kuvösen till ett rum. Jag följde efter vet jag.

Men jag tror dom körde tillbaka honom till uppvaket ganska snart igen så att hon skulle kunna börja amma direkt. Sen minns jag inte så mycket mer av vad som hände där.

Jag beslutade mig för att åka hem.

Det var uppehållsväder fram till Markaryd. Där invaderades himmelen av mörkgråa moln. En av många efterlängtad syn denna heta och torra sommar.

Efter att jag hade åkt någon dryg timma på den monotona E4:an på min väg genom Småland ringde telefonen. Det stod Oskar på skärmen.

När jag svarade kände jag en anspänning i hela kroppen. Jag var rädd. Jag var SÅ rädd för att det skulle ha hänt något. Under dom där korta sekunderna från första signalen till att jag svarade var det som om mitt katastrofsystem larmade. Aktiverades igen.

Precis som det gjorde så många gånger under Erikas sjukdomstid. Min reaktion var en slags reflex från dom många facetter av rädsla och oro som jag byggt upp genom åren och burit med mig.

Och sen när jag hörde hans röst:

"Grattis – du har blivit farfar."

Då brast det. Tårarna föll, jag fick knappt fram ett ord.

Där satt jag själv i min bil, mitt på E4:an i 110 kilometer i timmen. Regnet öste ner och omgivningen var som insvept i ett grått dis.

Kontrasten att befinna sig på en våt motorväg och koncentrera mig på körningen, att intellektuellt förstå och känslomässigt ta in allt blev så skarp att jag hade svårt att orientera mig.

Dessutom var täckningen dålig så jag uppfattade inte allt han sa. Men jag fick i alla fall klart för mig att det hade gått bra till slut, även om det hade varit jobbigt.

Nu kunde jag släppa min rädsla och min oro.

När vi hade avslutat samtalet kände jag någon form av odefinierbar och påtaglig känsla i kroppen ligga kvar.

Jag letade fram min samlingsplatta med Led Zeppelin och vred upp volymen i ett försök att få ordning på eller kanske lindra alla reaktioner i min kropp och i min själ.

Zeppelin var mina första musikaliska husgudar.

Jag stannade på en urtrist rastplats, pissade och åt några mackor jag hade fått med mig. Sen iväg igen. Efter en

151

halvtimme i en bilkö vid ett vägbygge en bit efter Jönköping började jag redan bli pissnödig ingen, hm, konstigt. Försökte förtränga. Det gick fram till Mjölby. Då trodde jag att jag skulle pissa på mig. Panik. Jag tänkte, men va fan är det frågan om. Jag svängde av och istället för att leta upp en mack eller snabbmatsrestaurang så försatta jag mot ett industriområde och kastade mig ut vid vägkanten och lättade på trycket.

Först efteråt fattade jag att det var en reaktion som tog sig uttryck i att göra mig så in i helvete pissnödig. Det regnade rejält men det bekom mig inte det minsta.

Jag bestämde mig för att handla innan jag åkte hem. Jag var trött och omtumlad, hade ingen lust eller ork att laga mat, men ville ändå äta något gott. Det fick bli en räkmacka. Det hade jag, vad jag mindes, inte ätit på decennier. Men lite lyxigt ändå tänkte jag när jag gick där i den stora mataffären lite lätt förvirrad kvällen innan midsommarafton.

Jag ville ju fira att jag blivit farfar.

Så när jag väl var hemma och packat ur bilen så hällde jag upp ett glas ljummet vitt vin och åt min räksmörgås.

Framför teven och fotbolls-VM. Vit tekaka, nja och lite väl mycket majonnäs, men mycket räkor.

För att ytterligare markera denna stora dag gjorde jag mig en espresso och hällde upp ett litet glas cognac, en Rémy Martin XO Excellence.

Jag fick flaskan av Erika när vi firade vår 25-åriga bröllopsdag, 2013.

Den drack jag bara av vid väldigt speciella tillfällen. Och detta var, om något, ett sådant tillfälle.

Samtidigt var det något torftigt i situationen där jag satt ensam, mitt i sommaren, i en lite lägenhet, en räkmacka, fotbollsmatch på teve, ett glas vit vin, en skvätt fincognac och lite jordnötter.

Så blev det dags att åka upp och träffa mitt barnbarn. Eftersom dom hade det jobbigt och inte sovit ordentligt på många dygn så var det lite ovisst in i det sista. Men jag kom iväg och plockade upp Alvin som hade köpt presenterna från oss till Elsa.

Jag hade varit nere i källaren och letat efter en sak och som nu också var med.

Och som jag visste skulle bli smärtsamt att överlämna.

När vi kom upp till deras lilla lägenhet, var det två trötta, omtumlade, lite lätt förvirrade men stolta föräldrar som mötte oss.

Elsa skrek, Matilda bar henne i sin famn utmattad av sömnbrist, Oskar gick runt och försökte trösta båda två. Var hon hungrig? Trött? Ont i magen? För varmt?

Hon var bara fyra dagar gammal.

Dom hade alltså bara varit föräldrar i fyra dygn.

Alla tre hade alltså fullt upp med att söka sina roller. Och det skulle dom få hålla på med ett bra tag.

Vi var inte där i mer än kanske tio minuter.

Men nu visste jag att hon var på riktigt. Jag hade hört, sett och känt på barnet.

Mitt barnbarn. Erikas och mitt barnbarn.

Vi var lite matta och omskakade när vi gick därifrån.

Jag kom hem ganska tidigt. Kände mig rastlös. Glad och sorgsen på en och samma gång.

Det var som om jag behövde göra någonting.

Inte prata med någon.

Jag bestämde mig, kanske mer intuitivt, för att ta fram det sista gravljuset som låg i en plastbox under byrån i garderoben.

Jag satte mig på cykeln. Varför tänkte jag? När jag visste att det inte riktigt fungerade.

Men jag brydde mig inte, jag var på väg upp till minneslunden.

Solen stod fortfarande ganska högt. Som tur var fanns inga människor där.

153

Jag tände ljuset och gick och satte mig på en bänk som låg insynsskyddad av en häck. Centralt placerad fanns där en stor och hög stenskulptur varifrån det stilla rann ner lite vatten. Meditativt. Efter några minuter tänkte jag resa mig och gå. Men jag blev kvar en stund och betraktade en talgoxe som drack och badade i vattnet på stenen. Solen trängde igenom lövverket på några ställen där fågeln höll på. Den rörde sig mellan skugga och ljus. Det var som om fågeln hade hittat det perfekta stället att dricka och bada på denna sommarkväll. Den verkade så obekymrad och självklar i sina rörelser och i sitt beteende. På något förunderligt sätt så balanserade den lilla fågeln upp mitt tungsinne när jag satt där och tänkte på vad Erika hade sagt om det där jag var och hämtade i källaren och gav till Elsa.

Under sista tiden innan Erika dog fick hon många blommor skickade till sig. I ett av dessa blomsterpaket låg den. Hennes första reaktion var; varför får jag en sån här? Det var en lite brun nalle med vädjande ögon. Hon tittade först lite frågande på den, såg på mig, funderade en stund och sa sedan:
"Den här vill jag att mitt första barnbarn ska få".

Mening

Livets mening
är tyngdlös
Livets mening
måste vara tyngdlös
för att kunna sväva fritt
mellan tillvarons möjligheter

Livets mening
är genomskinlig
Livets mening måste
vara genomskinlig
för att sikten och blicken
ska kunna hållas klar
så att vi kan se
och släppa in världen